나의 아름다운 창

신현림 영상 에세이

창비

나의 아름다운 창
ⓒ 신현림 1998

지은이 / 신현림
펴낸이 / 강일우
펴낸곳 / (주)창비

초판 1쇄 발행 / 1998년 2월 20일
초판 10쇄 발행 / 2017년 4월 10일

등록 / 1986년 8월 5일 제85호
주소 / 10881 경기도 파주시 회동길 184
전화 / 031-955-3333
팩시밀리 / 영업 031-955-3399 · 편집 031-955-3400
홈페이지 / www.changbi.com
전자우편 / lit@changbi.com
표지 · 본문디자인 / 박영선

ISBN 978-89-364-7047-0 03810

나의 아름다운 창

신현림 영상 에세이

책머리에

아끼는 내 시 중에 「빵을 가진 남자」가 있다.
나는 특히 마지막 연을 좋아한다.

　빵 속의 해와 강물이 쏟아지지 않도록
　끌어안은 당신이 아름답습니다
　무덤까지 당신을 따라가겠습니다

지금 먹으려는 꽃빵에 해와 강물이 흐르는 게 보인다. 이 아름다운 빵을 얻으려고
삶이 고달프구나 생각하니 고달픔이 가볍게 느껴진다.
언젠가 빵집에서 본 인상깊은 장면이 떠오른다.
빵집에서 쑥빵을 사가지고 나오는데 문 앞에 '스푼 정거장'이란 표지가 등불처럼 빛나고 있었다.
이 이쁜 말을 보는 순간 마음이 환해지고 즐거웠다.
손님이 쓰고 난 분홍색 아이스크림 스푼이 잔뜩 쌓인 모습. 이것은 요즘 우리나라의 현실처럼
보였다. 거품으로 가득찬 삶의 스푼이 깨끗이 씻겨지길 기다리는 모습.
스푼 정거장처럼 우리는 개혁의 정거장에 서 있다. 모든 것에서 달라지지 않으면
살아남을 수 없는 처지다. 어려운 시절이지만 겸허하고 청빈한 삶의 가치를 찾는다면
우리가 겪는 고통도 복이 될 수 있다. 영상 에세이 『나의 아름다운 창』도 당신 마음이 머무는
희망의 정거장이 되길 바란다.
인생에서 한 가지 중요한 것은 죽을 때까지 공부하는 자세로 사는 일이다.
많이 보아서 아는 만큼 인생을 느낀다. 나는 예술을 통해 삶의 혁명을 꿈꾸는지 모른다.
실제 나의 삶은 문학, 예술 분야에 대한 관심과 탐닉으로 바뀌었다.

내가 사진에서 배운 것은 의식의 열림과 다양성이다.

사진은 세계를 보는 안목을 높여주고 정신의 해방감을 준다.

사진은 21세기 문화전쟁에서 쓰일 강력하고 창조적인 무기이며 영화예술과 더불어
부가가치가 큰 산업으로 부각되고 있다. 사람들은 그동안 사진을 통해 현대의 역사와 사건을
목격했다. 다른 예술보다 대중적이고 민주적인 사진은 인간의 소중한 유적지이다.

이 영상 에세이를 쓰면서 어떻게 하면 사진이 대중들에게 좀더 쉽고 매력있게
가닿을 수 있을까를 무척 고민했다.

그래서 내가 좋아하는 음악과 영화 등 대중문화를 통해 이야기를 풀어갔다.

결국 내 문화의 지도를 따라 사진 이야기를 전개했다. 특히 내가 아껴온 시를 곁들였다.

시정신은 모든 예술의 바탕이기 때문이다.

사진은 갈망과 절망 사이에서 꿈꾸며 흔들리는 인간과 세계의 모습을 리얼하고 기묘하게 드러낸다

훌륭한 사진을 봄으로써 당신은 참으로 자유로울 수 있다. 당신은 세계적인 사진가의
다양한 관점과 새로운 감각을 순식간에 체험할 것이다.

사람들은 지는 해를 바라보며 황홀해한다. 영화 「지중해」에는 어머니나 사랑하는 여인과 함께
석양을 보고 싶다는 대사가 나온다. 삶은 아름다움을 함께 나눠갖는 데 의미가 있다.

나에게 황홀과 충격을 준 사진을 보며 당신과 함께 이야기를 나누고 싶다.

'사진의 해'가 뜨는 곳으로 당신을 초대한다.

사진을 모르고 현대미술과 문화를 읽을 수 없다. 150년이 지난 사진은 이제
회화와 구분하기 힘들 만큼 혼합된 양상을 띤다.

사실 문화가 진화하면 서로 배우고 섞이게 마련이다.

60년대 이후 사진은 예술계를 움직이는 변혁의 차원에서 발전하고 자라왔다.

초기 사진은 회화성에 기울었지만 복잡한 이 시대엔 문학성과 가까워진 느낌이다.

사진은 실물 그대로 복사하는 것이 아니다.

나다르(Nadar)가 "사진은 한 시간이면 배울 수 있다. 그러나 배울 수 없는 것은 바로
느낌과 감각이다"라고 했다. 사진기 사용법과 현상 · 인화 방법은 쉽게 배울 수 있지만,
그것에 숙달되고 하나의 느낌이 있는 작품을 만드는 데는 분명한 자기철학이 있어야 하므로
타 예술보다 어려울 수도 있다.

여기서 이땅의 훌륭한 사진가를 다루지 못해 못내 아쉽다. 남을 통달하면 나도 통달할 수 있다.
남을 통해 우리 자신을 반성함으로써 우리가 좀더 도약할 수 있는 기회로 삼고 싶다.

사진평론가 진동선 선생님의 워크숍과 사진 · 미술 관련 이론서들이 큰 도움이 되었다.
그 누구보다 사진가 김남진 선생님의 수업, 그리고 그분이 내주신 사진집과 논문과 자료가
없었다면 이 책은 나오지 못했을 것이다.

그리고 쌈짓돈을 털어 산 비싼 원서 중 영어서적은 짧은 실력으로 해독했고 불어서적은
고수희의 도움을 받았다. 중앙일보 허의도 차장님과 제이 스타일의 기자님들,
남재일씨의 은혜를 잊을 수가 없다. 따뜻한 창비 사람들께 깊이 감사드린다.

응원해준 식구와 정인(情人)들…… 당신들이 있어 나는 기쁘다.

세상의 단 한분인 어머니, 아버지께 이 책을 바친다.

1998년 2월

신현림

차례

길

로버트 프랭크

먼 길은 왜 슬프고 아름다운가. 길은 연인처럼 스며와 사랑의 감정을 솟게 만든다.
가 닿기 힘든 아득함과 가 닿고 싶은 갈망 사이에서 가슴저리게 한다. 어떤 시장기,
애달픈 그리움으로 온몸을 예민하게 한다.
아름다운 길은 안쏘니 퀸과 줄리에따 마씨니가 주연한 펠리니의 영화 「길」에서 봤고,
「아이다호」의 리버 피닉스가 기면발작증으로 쓰러진 그 향수 짙은 길을 잊지 못한다.
그리고 경주의 감포가도가 너울거리고 정선처럼 굽이굽이 물결치는 우리나라의 길들이
눈물나게 한다. 얼마 전에 찾은 정선의 마른 길들은 비통하게 엎드려 울고 있는 사람처럼 보였다.
따뜻한 이불을 덮어주고 슬픔을 달래주고 싶은 길, 쓸쓸히 휘날리는 길이었다.
마분지 같은 바람 한 장씩 날아가면 길에 엎드려 귀를 대고 내게 오는 임의 소리를 듣고 싶었다.

   임 그리워 정 그리워 못살겠네 / 아리랑 아리랑 아라리요.
   아실 아실에 춥구 춥거든 내 품안으로 들구 / 비개가 낮구 낮거든 그대 팔을 비지

「정선아리랑」의 이 이쁜 우리 말, 우리 가락에 나는 반했다. 사무치는 아리랑의 자손임을
뿌듯해하며 여량마을 저녁빛이 내 눈을 파랗게 물들이던 정경을 떠올린다.
길은 강물 따라 생기고 길 따라 사람들이 흘러간다. 길에 대한 많은 사진 중에
로버트 프랭크(Robert Frank 1924~   , 스위스)의 사진집 『미국인』(Les Américains, 1958)에서 「U.S.
285, 뉴멕시코」를 나는 사랑한다. 강력한 실존의 순간을 시적인 영상으로 찍은 그의 작품들은
현대사진의 뿌리이자 전형이다. 프랭크가 본 현실과 그가 창조한 프레임은 인습에 길든

로버트 프랭크, U.S. 285, 뉴멕시코, 1955~56

기존 사진에 대한 반란이고 부정의 미학이다. 현대인의 소외와 고립감, 낭만과 허무,
고독과 절망 사이에서 흐느끼는 그의 작품은 우리의 마음을 크게 뒤흔든다.

갇혀 있던 마음을 야생의 대지에 풀어놓는다. 광대한 저수지처럼 조용히 솟구치고
꿈틀대며 출렁거린다. 아름다운 장송곡이 흐르듯 슬프다.

차가 없는 도로. 내가 보고 싶은 길의 모습이다. 사람도 혼자 생각할 시간이 필요하듯
길도 길로서 살아 있으려면 가끔은 텅 비어 있어야 하지 않을까.

이 비어 있음은 얼마나 사람의 가슴을 가득 채우는가.

우리의 삶이 이 길처럼 군더더기 없이 청빈하길 바란다.

정말 모두가 청빈한 삶을 살려고만 한다면 심각한 생태 문제나 다른 많은 문제도
해결 조짐이 보이리라.

사람의 영혼은 머물지 못하고 늘 떠난다. 때로 참담하도록 답답한 나날을 견디기 위해
위안이 될 무언가를 찾는다. 사랑의 이름으로 다가오는 어떤 향기,
몸과 마음이 합일하는 어떤 순간, 아, 내가 이곳에 살아 있다고 열정과 경이에 차서
황홀해하는 순간을 만나기 위해 헤매는지 모른다.

거리를 향한 창, 창 너머 방

으젠느 아뜨제와 메리 앨펀

거리를 향한 창

때때로 밖을 내다볼 창이 있다는 것이 얼마나 고마운지 모른다.

창을 통해 바라보는 거리는 참으로 매력적이다. 가슴 설컹설컹하게 함박눈이 내리고

비가 쏟아지고 바람이 거리를 싸안고 휘날리는 모습은 유리창으로 볼 때 더욱 아름답다.

그래서 황홀해하고 불안스레 아파하며 가슴을 떠는 것이다.

창밖을 보는 일은 추억과 만나고 추억의 음악과 만나는 일이다. 예전에 자주 듣던 음악이

창밖으로 흘러가면 풍경도 노래 따라 출렁거린다. 지금 분위기 넘치는 타 머쉬의 「올드맨 송」이

끝나고, J. D. 싸우더의 「유어 온리 로운리 (외로운 당신)」에 따라 세상이 흐느적거린다.

"나의 조그만 어깨 위로 온 세상이 무너져내릴 때 외롭고 초라하게 느껴질 때

너를 잡아줄 누군가가 필요하지…"

창은 쓸쓸할 때마다 나를 잡아주고 나에게 커다란 위안을 준다. 방에 혼자 있으면

섬처럼 홀로 떠 있는 기분이 든다. 그러다가 창밖을 내다보면 내 곁에

아무도 없는 게 아니구나, 하는 안도감이 든다. 이런 느낌을 아주 깊이있게 쓴

카프카의 산문 「거리를 향한 창」이 있다.

혼자 생활하고 있으면서 그래도 때로는 무엇엔가에 대해 관계를 갖고 싶은 사람,

하루 동안의 시간의 변천과 날씨의 변화, 그 어떤 팔을 보고 싶어하는 사람은

거리를 향한 창문 없이는 도저히 참고 견딜 수가 없다. 창틀에 기대어 아무런 욕망도 없이

머리를 약간 뒤로 젖히고 있으면, 그래도 어느 틈엔지 창문 밑을 지나가던 말들이

으젠느 아뜨제, 쎄느가(街)의 한 모퉁이, 1924

으젠느 아뜨제, 거리의 악사, 1899

그 뒤에 끌고 있는 수레와 소음 속으로 그를 끌어들여, 결국 함께 사는 인간의 세계로

이끄는 것이다.

카프카의 글에서 보듯 창은 함께 사는 인간의 세계로 나를 이끈다. 창은 내 앞에서 부드럽고
따뜻한 연인의 손처럼 어른거린다. 이와 비슷한 느낌을 주는 또 다른 창이 있다.
그것은 카메라의 파인더다. 사진가는 파인더라는 작은 창을 통해 세상을 보고
누구도 관심 갖지 않는 세계를 발견한다. 나는 20세기초의 사진가 으젠느 아뜨제와 20세기말의
사진가 메리 앨펀의 작품으로 그 세계를 읽고 싶다. 먼저 쟝 으젠느 오귀스뜨 아뜨제
(Jean Eugène Auguste Atget 1857~1927, 프랑스)는 위대한 발견자로서의 사진가다.
그는 뛰어난 직관력과 감수성, 우직한 신념으로 한 시대의 역사와 문화를 심도있게 표현한다.
아뜨제는 선원생활을 15년간 했고 군인과 연기자, 유랑극단의 배우를 지내는 등
특이한 경력을 지녔다. 꿈꾸던 화가의 길을 포기하고 마흔이 넘어 상업사진가로서
'예술가를 위한 자료' 사진을 만들어 팔기 시작했다. 아뜨제의 고객은 그가 찍은 가게주인과
많은 화가들이다. 화가는 모리스 위뜨릴로와 모리스 블라맹끄, 만 레이가 있다.
고객의 요구에 따라 사진작업을 해온 아뜨제는 다른 직업사진가와는 달리 개성있고 독자적인
작업을 했다.
아뜨제는 오래되고 아름다운 빠리의 거리를, 빠리의 모든 것을 기록했다. 그리고
사라지고 스러져가는 것들을 회생시켰다. 그가 소생시킨 것들은 시적인 분위기를 자아낸다.
나는 특히 그의 「거리의 악사」를 좋아한다. 악사의 딸로 보이는 소녀의 미소가

베러니스 에보트, 으젠느 아뜨제의 초상, 1927

가슴 아프도록 정겹고 애틋하다.

아뜨제의 사진은 이상한 기운이 살아난다. 낡은 뷰 카메라로 기록한 것이 사진의 매력을 더했고,

충만된 시적 서정으로 기록사진의 한계를 뛰어넘는 예술성을 보여준다.

이른 아침 촬영으로 인해 안개와 진한 습기는 빛과 어울려 심오하고 아득한 신비감을 준다.

이것은 그의 정직한 인간성, 대상에 몰입하는 내면의 깊은 사색과 묵상에서 배어나오는 것이다.

아뜨제의 위대한 기록으로서 방대한 사진 작품은 생전에 큰 빛을 보지 못했다.

그러나 그의 작품은 후배 사진가들에게 다큐멘터리 사진의 표상으로 남아 있다. 그리고 그

영향력은 계속될 것이다.

내 방의 창이 가끔 사진기의 파인더로 보일 때가 있다. 파인더는 주도면밀하게 관찰하고 셔터를 누르기까지 방의 창처럼 세상의 빛과 어둠을 끌어안는다. 그것은 함께 사는 인간의 세계로 이끄는 아름다운 무기인 것이다.

생존과 예술의 무기로서 사진기의 파인더를 나도 아뜨제처럼 들여다본다. 상투적이고 평범한 이 세계가 또다른 모습으로 심오하게 다가온다.

옷 벗는 여자들을 훔쳐보다

우디 알렌의 매력 넘치는 영화 「라디오 데이즈」에 잊지 못할 장면이 나온다.

일본과 독일이 악당이던 시절, 아이들은 망원경으로 일본 전투기를 보다가 어떤 건물 속에서 옷을 하나씩 벗어던지며 춤을 추는 여인을 발견한다. "숨이 막힐 것 같아"라고 감탄하는 꼬마와 그 순간 여자 생각으로 머리가 복잡했다는 주인공 녀석. 춤을 추던 여자는 나중에 그 녀석들 담임선생으로 부임한다. 아무튼 옷을 벗는 장면은 물불 안 가리고 사람의 가슴을 흔드나 보다.

핫팬티와 배꼽티, 찢어진 청바지 속에 담긴 여자의 흰히 보이는 살덩이는 무척 자극적이다. 젊은 누드의 몸, 보일락말락한 몸은 금세 사라져버릴 듯 빛나고 섹시하다. 성적인 환상을 불러일으키고 에로틱한 힘을 발산한다. 그것을 보는 쾌감이 바다냄새처럼 원시적으로 다가온다. 어떤 녀석은 늙어서 벗은 여자 몸이 걸레뭉치 같다나. 감성이 둔하고 안목이 짧은 사내는 창문 너머의 아름다움을 모르는 법이다. 늙은 몸은 늙은 대로 겨울나무처럼 애달프고 아름답다는 걸 모른다. 주름살도 무늬인 줄 모르고.

나도 물불 안 가리고 옷 벗은 사람을 쳐다본다. 마침 지루한 인생에서 바꿀 수 있는 건

속옷뿐인 듯이 여자가 팬티를 벗고, 다른 사진은 돈을 세는 중이다. 뭇사내들에겐 성적 호기심을

자극하고 애욕의 감정을 일으킬 것이다. 그러나 무척 아름답고 매혹적이다.

메리 앨펀(Merry Alpern 1955~ , 미국)이란 여성 다큐멘터리 작가를 일약 세계적 사진가로 만든

『더러운 창들』(*Dirty Windows*, 1995)의 사진들이다. 이것은 나보코프의 소설 『롤리타』의

어떤 구절을 떠오르게 한다. "아이가 커다란 거울 앞에서 옷을 벗는, 그 광경의 매력은

너무도 강렬한 것이어서 나는 외로운 희열을 향해 전속력으로 달리고 있었다."

등골이 짜릿하도록 외로운 희열을 위해 관객과 작가도 존재하리라. 메리 앨펀은 남자친구 집에

갔다가 화장실 창문을 통해 금융인을 위한 불법 섹스클럽을 발견한 것이

사진 제작의 동기라고 한다.

사진 속의 검은 창틀이 시선을 강렬하게 빨아들인다. 저 창문으로 자칫 밋밋해질 사진에

깊이와 신비감을 준다. 자칫 음란물로 떨어질 위험을 저 까만 창문이 미학적 아름다움으로

변화시킨다. 성욕은 삶의 에너지나 터뜨리는 방법에 대해 의문과 회의를 품어본다.

남성우위 사회의 제도적 폭력과 여성의 성적 도구화, 도덕성 회복의 메타포도 읽을 수 있다.

그러나 그것보다 작품의 조형성과 보이어리즘(voyeurism, 관음주의)의 심리성이

강렬하게 다가온다. 메리 앨펀이 망원 줌렌즈로 훔쳐 찍고, 우리 모두가 훔쳐보는 중이다.

여태 훔쳐보는 걸 사진 속의 여자가 모르고 있다는 사실이 더 큰 쾌감을 부른다.

앨펀은 짓궂게도 인간의 관음적 심리를 이용하여 억압된 성적 욕망을 해방시킨다.

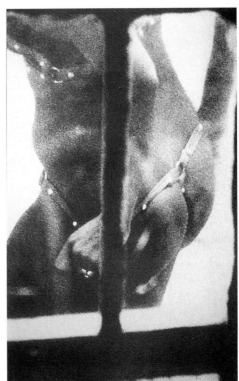

메리 앨펀, 『더러운 창들』(1995)에서

메리 앨펀, 『더러운 창들』(1995)에서

이런 스타일로 묶인 한권의 사진집 『더러운 창들』은 미학적 위력이 막강하다.
영화 「라디오 데이즈」의 망원경, 아뜨제와 앨펀의 카메라는 창문 역할을 한다.
만약 밖을 내다볼 창문이 없다면 인생은 더 지루했으리라. 나는 조용필의 「창밖의 여자」를
크게 틀면서 앨펀의 사진집을 덮는다. 밤이 오고 어둠이 내린다. 사진 속의 여자에게
불법 섹스를 안해도 배고프지 않을 야광팬티와 드레스를 입혀주고 싶다.
그리고 하염없는 지순한 사랑의 자세가 그립다.
나는 조용필의 애끓는 노래를 애청하나, 더이상 "누가 사랑을 아름답다 했는가!"라고
한탄하지 않는다. 박상륭의 소설 『죽음의 한 연구』에서처럼 사랑이라 믿는 모든 것에
"나는 투신해버리고 싶은 것이다. 그저 한번 열정으로 죽어버리고 싶은 것이다."
믿는 도끼에 발등 스치더라도 사랑의 풍경으로 오는 모든 것을 기분좋게 맞이하고 싶다.
이제 촛불을 켜고 보들레르의 「창문들」이란 시도 읊으면서 외로운 희열에 물수건처럼
푸욱 젖어보리라.

열린 창문으로 밖을 바라보는 사람은 결코, 닫힌 창문을 바라보는 사람만큼 보지는 못하는 법.
촛불 켜진 창문보다 더 깊고, 신비롭고, 푸짐하고 어둡고 눈부신 대상은 없다.
햇빛에 볼 수 있는 것은 언제나, 창유리 뒤에서 일어나는 일보다는 덜 흥미롭다. 이 어둡거나
빛나는 구멍 속에서 삶이 숨쉬고, 삶이 꿈꾸고, 삶이 괴로워하는 것이다.

충격의 홈런을 날려라 1

로버트 프랭크, 윌리엄 클레인

휴머니즘의 향기 속에서

마구 불어오는 바람의 감촉을 느끼면 나는 푸른 털실처럼 따뜻해진다.

그리고 네루다의 「가을의 유서」 같은 근사한 시를 읽으면 죽음도 달콤하게 다가온다.

내가 가졌던 모든 것을 세상에 두고 가기 위해 꿈꾸고 헤매며 기록한다. 이것은 내가 할 줄 아는

최선의 길이다. 삶은 싱글이거나 결혼했거나 쓸쓸하긴 마찬가지다. 곁에 연인이 있어도

내 마음과 다르거나 다툴 때의 외로움은 말로 다 하기 어렵다.

만사 아무 기대 없이 살아야 한다. 그렇지 않으면 삶이 힘들어진다.

언젠가 어린이 책에서 메모해둔 것이 있다.

소 가운데 가장 예쁜 소는? — 미소.

아침, 점심, 저녁으로 침만 흘리고 아무것도 못 얻어먹는 것은? — 행주.

그래, 행주는 서러운 삶을 살고 가로등은 눕지도 걷지도 못한다. 내가 가고 싶은 곳으로

걸을 수 있다는 건 얼마나 즐거운가.

여행은 자신을 돌아보고 강해지기 위해 필요한 것이다. 나는 가끔 촬영여행을 떠난다.

여행에서 만난 사람들은 모두 아름다워 보이고, 길을 따라 사진을 찍으면 유서 쓰는 기분이 든다.

다시는 볼 수 없고 만날 수 없는 풍경과 사람들이 나를 스쳐가기 때문이다. 스쳐가는 그 순간이

아프고 아쉬워서 느낌이 오는 대로 민첩하게 찍으며 길게 뒤척이는 회색 길을 간다.

모든 풍경은 나를 흥분시키며 황홀하게 타오른다. 내가 머문 길 속의 풍경과 하나가 되는

바로 그 순간 생의 보람을 느낀다.

생의 보람을 느끼는 경우는 다양하다. 철학자 데까르뜨는 유럽을 떠돌며 철저하게 의심하고

생각하는 것을 기쁨으로 삼았다. 누군가는 돈벼락과 술벼락으로, 섹스와 오르가슴으로,
내 친구는 선(禪)사상에 심취하여 생의 보람을 느낀다. 나 같은 사람은 좋은 사진과 그림, 영화를
보는 것이 연애하는 것보다 보람을 느낄 때가 많다.

사진 공부를 시작한 후 다큐멘터리 사진들에 애착을 갖게 됐다. 다큐멘터리 사진은
타 예술분야와 구별되는 그만의 위력이 있다. 삶의 소중한 기록으로서 생생하고 충격적인
이미지는 오래오래 울렁거리는 향기로 남는다.

다큐멘터리는 '창조적 예술가가 삶을 의미있게 만든다'는 뜻으로 사진가 으젠느 아뜨제가 처음
사용한 용어란다. 그것은 삶을 이해시키고 설득한다. 삶을 발전시키고 사고의 깊이를 더해준다.
움베르또 에꼬가 『푸꼬의 진자』에서 그랬던가. "창작이란 우리 자신이 아닌 남에 대한 사랑에서
비롯된 것"이라고. 다큐멘터리도 그런 휴머니즘의 향기 속에서 연민과 연대감을 키운다.

여기서 미국 현대사진의 대표적 다큐멘터리 작가들을 만나보자. 현대사진의 시작인
50년대의 로버트 프랭크와 윌리엄 클레인, 60년대의 리 프리들랜더와 개리 위노그랜드,
다이앤 아버스 등등…… 이들은 뛰어난 장인정신으로 현실 이미지를 기록했다.
온몸을 던져 찍은 사진으로 충격의 홈런을 날렸다.

잊을 수 없는 사진집 『미국인』

로버트 프랭크의 사진은 얼마나 내 감성을 꽉 채웠던가. 사진에 대한 아무 지식이 없던
대학 4학년 때 서점에서 펼쳐본 즉시 샀다. 지금도 그의 사진집은 내 가슴속에서 살아
꿈틀거린다. 독락유서(獨樂幽棲)란 말처럼 그윽한 곳에서 연인을 보듯 보고 또 보곤 한다.

로버트 프랭크, 엘리베이터(『미국인』 1958)

지난 2, 3년은 유홍준의 『나의 문화유산답사기』를 보고 여행을 다녔다.

배낭 속에 이성복 시집 『남해 금산』과 로버트 프랭크 사진집을 넣고 다니며 버스 안에서

풍경과 번갈아보면 슬픔은 기쁨을 운반해왔다.

지난 여름에도 남해 금산을 오르고 지리산 줄기에서 신비의 기운을 찾듯

나는 프랭크가 찍은 미국, 그 긴 길을 찾아가고 싶다.

프랭크의 사진을 보면 나는 그 시대의 분위기가 이런 식으로 그려진다.

먼저 60년대 밥 딜런의 노래 「바람에 나부끼며」가 조용히 들려온다. 50년대

동시대 스타인 반항아 제임스 딘과 말론 브란도가 공허한 표정을 짓고 지나간다.

엘비스 프레슬리가 「오늘 밤은 록이 좋아」를 부르고 자동차들이 과속으로 질주한다.

티셔츠와 블루진과 가죽 자켓이 붉은 살점처럼 텅 빈 도로에 떨어진다.

그가 사진을 찍던 50년대는 "반역과 재즈, 시와 길의 시대"였다.

당대의 문화를 이끈 비트 세대는 길에 대한 동경과 자동차 여행에 굶주렸다.

여기서 비트족이란 당시 미국사회에서 삶의 정체성을 상실하거나 자아상실을 두려워한

동시대 젊은이에게 탈출구를 열어준 혁신적 문화세대를 지칭한다. 비트문학의 기수

잭 케루악의 소설 『길 위에서』와 앨런 긴즈버그의 시 「울부짖음」은 그 시대를 대변한다.

그들은 60년대의 히피와는 달리 미국을 따뜻한 시선으로 바라본다.

프랭크는 이전 세대의 단골메뉴였던 인간의 존엄성과 기쁨과 희망찬 삶, 그 상투적인 표현을

버린다. 전통적인 방법을 무시하고 거칠고 불확실한 앵글로 현실을 잡아낸다. 1958년 출간한

사진집 『미국인』은 희망찬 미국이 아니라 암울한 미국의 모습을 담고 있어 대단한 충격을 주었다.

로버트 프랭크, U.S. - 91: 블랙풋을 떠나며(『미국인』 1958)

로버트 프랭크, 교통사고 (『미국인』 1958)

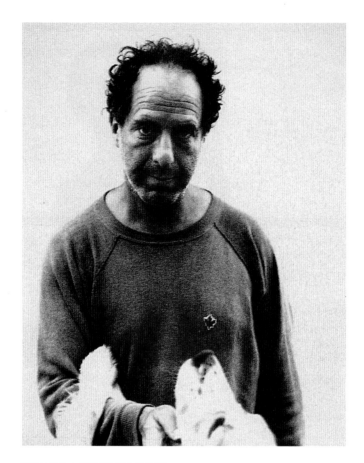

리차드 아베든, 로버트 프랭크의 초상, 1975

그런 시선은 그가 미국인이 아니라 스위스인이었기에 가능했다.

로버트 프랭크는 『미국인』 이후 폴라로이드 사진과 혼합매체, 언더그라운드 영화도

찍어 충격적인 영상이미지를 보여준다. 그로 인해 사진매체의 위력과 영향력은

미국뿐 아니라 세계 사진가, 화가, 시인, 영화제작자에게까지 막대하였다.

그는 참으로 파란많은 삶을 살았다. 이혼과 재혼, 특히 스튜어디스였던 딸

안드레아의 비행기 사고로 인한 죽음에 큰 충격을 받았다. 그리고 아들은 심한 우울증과

마약복용으로 정신병원에 입원했다. 이러한 가족사가 그의 작품에 슬픔과 고통,

그리움을 흐르게 하는 것 같다. 그와 그의 잊혀지지 않는 사진을 나는 경배한다.

『뉴욕의 당신을 위해 인생은 즐겁다』

겨울바다를 보면 이불을 덮어주고 싶어. 춥지 말라고.

겨울바다를 보면 행복했던 시간들이 그리워지고 뜨거운 커피가 다가오지.

커피를 마시면 밥 딜런의 「원 모어 컵 어브 커피」가 듣고 싶지.

"당신의 마음은 바다 같아요. 신비스럽고 어두운 바다 같아요. 떠나는 길을 위해

한 잔의 커피를 더 주세요 …"

커피 한 잔 더 마시면 윌리엄 클레인(Wiliam Klein, 1928~ , 미국)의 사진들이

갈매기처럼 날아온다. 클레인의 사진도 좋지만 사진집 제목도 근사하다.

『뉴욕의 당신을 위해 인생은 즐겁다』, 이 긴 제목은 간단하게 『뉴욕』으로 통용된다.

『뉴욕』의 사진에서 자본주의에 찌들고 속물주의에 휩싸인 모습은 충격적이다.

"다 죽여버릴 거야! 무슨 세상이 이따위야!" 한 소년이 피를 토할 듯 총을 겨누고 있다.

그러나 아이의 총은 장난감이다.

왜 뭐든 의미를 만들어야만 제대로 살아 있다는 기분이 들까?

나는 이 사진에서 우리 현실을 읽고 싶다. 실직당한 많은 아버지들과 소외계층의 절망이

북처럼 가슴을 치고 지나간다.

"절망할 때 희망을 갖는 것이 인간의 의무"라고 시인 빠스떼르나끄는 말했다. 우리는 세상의

불행으로부터 자유로울 수 없고 등돌려선 안될 인간적인 의무가 있다. 이를 절실히 느끼고

고뇌하며 감싸안는 자, 진정한 예술가는 시대를 외면하지 않는다.

클레인의 작품은 거칠고 뜨겁고 신랄하다. 내면의 선과 악의 이중성만큼이나

삶과 죽음의 모습이 뒤엉켜 꿈틀거린다.

구름떼처럼 몰려가는 사람들의 무표정한 모습에서 그는 인간성의 상실과 단조로운 일상의 폭력,

뭔가 무너져가는 삶의 현실을 포착한다.

클레인은 독학으로 사진을 배웠다. 만 레이의 실험사진과 바우하우스의 조형사진에

깊은 관심을 보였고, 까르띠에 브레쏭의 사진을 좋아했다고 한다.

그는 『보그』지의 패션 사진가이며, 영화 「지하철의 아이」에 자신의 그림을 선보인 전위화가였다.

개인영화도 만든 영화감독이었다. 아무 연출 없이 온몸을 내던져 찍은 그의 리얼리즘. 클레인은

시대를 앞서간 로버트 프랭크만큼 후대의 사진가들에게 큰 영향을 끼쳤다.

좋은 작품은 한없는 따스함으로, 충격으로, 고통과 희열로 다가온다.

윌리엄 클레인, 소년 갱, 1959

윌리엄 클레인, 댄스, 1955

윌리엄 클레인, 브로드웨이, 1954

그것은 이상하게 황혼을 대할 때의 기분과 흡사하다.

황혼은 낮과 밤의 정사이고 부활하려는 간절한 몸부림이다. 그건 생존을 고뇌하며 꿈꾸는 인간의 숙명을 닮아 있다. 나의 시 「황혼제, 망제(望祭)」를 읊고 싶다.

"헤매고 헤매다 바람 부는 황혼이 내리면 / 빵과 우유와 / 태양나무 노란꽃 한 아름 들고 / 우리가 바라는 전부인 사랑, / 애정을 바라는 자들의 빈손에 가득 쥐어주고 싶다 // 행복이란 주고받은 따뜻한 말로 외로움을 잊는 순간이다."

행복에 대한 갈망만큼 우리를 괴롭게 하는 것도 없다. 아주 사소한 일에서 행복을 찾는 법을 배워야 하지 않을까. 아무 계산 없이 먼저 주는 것이다. 따뜻한 인사와 미소.

사소한 이것도 우리를 얼마나 즐겁게 만드는가.

애인 주려고 간직한 시와 사진들

해리 캘러헌과 마이너 화이트

당신이 홍차를 끓이고

나는 빵을 굽겠지요.

그렇게 살아가노라면

때로는 어느 초저녁

붉게 물든 달이 떠오르는 것을 보고서야

때로는 찾아오는 사람들이 있겠지요.

그것으로 그뿐, 이제 이곳에는 더 오지 않을걸

우리들은 덧문을 내리고 문을 걸고

홍차를 끓이고 빵을 굽고

아무튼

당신이 나를

내가 당신을

마당에 묻어줄 날이 있을 거라고

언제나 그렇게 이야기하며

평소처럼 먹을 것을 찾으러 가게 되겠지요.

당신이 아니면 내가

나를 아니면 당신을

마당에다 묻어줄 때가 마침내 있게 되고

남은 한 사람이 홍차를 훌쩍훌쩍 마시면서

그때야 비로소 이야기는 끝나게 되겠지요.

당신의 자유도

바보들이나 하는 이야기 같은 것이 되겠지요.

오래 전부터 애인을 만나면 주려고 간직해둔 시가 많다. 위의 시는 그중에

토미오까 다에꼬오(富岡多惠子)의 「새살림」이다. 그런데 이 시는

결혼생활을 이십년쯤 한 여자가 술 한잔 거나하게 마시고 쓴 느낌이다. 삶이란 고작

빵을 굽고 홍차를 훌쩍훌쩍 마시고 덧문을 내리는 일임을 인정해야 한다.

인생에 큰 기대를 걸면 가슴으로 쏟아지는 찬바람을 견딜 수가 없다.

내가 그 시를 주고 싶었던 애인을 모델로 사진도 찍고 싶다. 애인뿐만 아니라

나의 가족을 찍고 싶다. 그러나 도대체 말을 들어주지 않는다. 아버지는 필름 아끼라는 둥,

어머니는 늙고 아픈 얼굴 찍어 뭐하느냐는 둥…… 고개를 돌려서 번번이 실패했다.

그래서 아내와 딸을 모델로 찍은 해리 캘러헌을 나는 부러워한다. 그는 아내와 딸을 찍어 웅대한

자연의 조화와 신비를 표현했다. 특히 아내의 연작사진을 십년 넘게 찍었다.

평화로운 오후의 시간에

해리 캘러헌(Harry Callahan 1912~ , 미국)은 1950년대 미국 사진계를 이끈

로버트 프랭크, 윌리엄 클레인, 마이너 화이트와 함께 현대사진의 기수였다.

캘러헌은 역사상 최고의 사진 교육자 중 한 사람이며, 형식과 내용을 가장 완벽하게 조화시킨 사진가다. 독실한 기독교신자인 어머니의 영향이 커선지 말이 없고, 신중해선지 어떤 작품이든 심상적이고 심오하다. 그는 아내를 찍어 사진집 제목도 『엘리노어』라고 아내 이름을 붙였다. 아내를 사랑하고 존경하는 마음이 사진에도 깊게 배어 있다.

엘리노어 사진들을 보자.

평화로운 오후의 시간에 창을 보고 앉은 엘리노어. 밤새 무농약 식빵을 먹고 통통히 살찐 듯한 푸근한 알몸. 매끄러운 피부를 감싸안은 햇살이 은은하다.

희고 깨끗한 창과 바닷속 같은 침대는 고요하다. 나른한 지금 고즈넉한 이 방에 몸을 누여 실컷 잠이나 잤으면 좋겠다. 이 편안한 느낌은 프린트의 아름다움을 누구보다 중시한 그의 심미안 때문이다. 그렇게 편안히 자고 난 후 나를 마당에 묻어줄 애인 생각하며 우리 밀로 만든 무농약 식빵과 커피를 마시는 것. 흐음, 즐거울 것 같다. 내 무덤에 애인을 순장하는 건 더 좋을 것 같구. 후후……

쉬잇, 또다른 근사한 사진 속에서 바람소리가 들린다. 나무가 흐느끼고 풀과 꽃들이 춤을 춘다. 이 사진을 보니 오늘 하루는 재수가 좋을 것 같다. 현대의 속물주의에서 벗어나서 뭔가 심오하고 멋진 것을 보면 나는 운이 좋다. 이 글을 읽는 사람도 운이 좋을 것이다. 잘 익은 누드 토르소가 대지와 오버랩되어 있다. 이중촬영, 즉 한 필름에 두번 촬영한 것이다. 그러나 누드가 색정적이지 않다. 뭔가 경외스럽고 엄숙하다.

물위의 엘리노어. 두 눈을 지그시 감고 있는 모습이 성스럽게 보인다. 개헤엄이라도 칠 줄 알면 물속에 풍덩 빠지고 싶다. 그만큼 물살은 큰 붓터치처럼 시원하고 부드럽다.

해리 캘러헌, 엘리노어, 1948

해리 캘러헌, 엑상 프로방스, 1958

해리 캘러헌, 엘리노어, 1949

엘리노어를 시공간을 초월한 탄생의 상징으로 촬영했다. 사실 물과 숲, 대자연은

인간이 죽어 돌아갈 곳 아닌가. 자연이 망가지면 더이상 아름다운 사진도 없고 행복한 삶도 없다.

사람들은 캘러헌을 가장 미국적인 사진가라 여긴다. 청교도 정신과 금욕적인 생활로

아내를 그토록 사랑하고 존경했기 때문이다. 이런 것은 그의 바탕이 겸손했기 때문에 가능했을

것이다. 그리고 그것은 일상생활에 대한 명상과 감사하는 마음에서 나오는 것이다. 그는 "사진은

사람들이 항상 볼 수 없는 순간을 잡는다"고 했다. 그가 찍은 숲과 바닷가,

도시의 빌딩과 거리, 그리고 시카고 거리를 걷는 우수에 찬 사람들의 클로즈업된 얼굴 등은

명상적이고 무척 신비롭다. 캘러헌을 알려면 시카고를 알아야 한다고 한다. 시카고는 바람의

도시라 한다. 다들 사색적으로 보이는 것은 바람을 피하려고 시선을 내리깔기 때문이다.

이것은 또한 그의 일관된 작업태도에서 나온 것이다.

그는 편안한 마음으로 실패나 성공에 구애됨이 없이 작품에 몰두했다고 한다.

만물에 깃들인 영혼을 느껴보게

살짝 열린 창과 커튼과 그림자. 바람도 그림자를 끌고 다니나?

그림자가 아니라 달빛인 것 같다. 커튼에 드리워진 달빛, 이보다 더 그윽한 느낌도 없을 듯싶다.

텅 빈 방. 오직 자신만을 원하는 방. 연인과 사랑을 나누고 잠들지 못할 방.

쓸데없는 생각은 말라구. 분위기가 좋은 방이면 섹스를 꿈꾸는 경향이 있다니깐.

바람이 불듯 자연스럽게 몸끼리 마음끼리 이끌려 사랑하게 만드는 방.

친밀감을 만드는 방이란 건 참 신기하단 말야.

어디선가 나팔꽃 피고 지는 소리가 들린다. 비발디의 기타협주곡 D장조 2악장도 들리구.

이딸리아 베네찌아에 들렀을 때 작은 비발디 성당을 봤다. 성당 앞엔 '빨간머리 사제'란 별명을

가진 비발디가 늘 앉아 작곡을 구상하던 벤치가 있다. 250여년이 지난 그 자리엔

벤치도 많아졌고, 코 큰 노란머리 아저씨가 아기에게 젖병을 물려주고 있었다.

세월이 가도 예술은 남는 건지. 이어 파헬벨의 「인간은 자연으로 돌아간다」가 들릴 듯 말 듯

스며온다. 이 음악처럼 마이너 화이트(Minor White 1908~1976, 미국)의 사진들은 나를 자연으로

돌아가게 만든다. 자연에 대한 친밀감과 삶의 쓸쓸함이 그의 사진에 스며 있다.

그럴 수밖에 없는 것은 그가 현대 물질문명의 팽배와 인간성 상실에 깊은 회의를 느꼈기

때문이다. 그리하여 선(禪)사상에 심취하거나 동양적인 생활방식을 택하기도 했다.

로버트 프랭크, 윌리엄 클레인 등과 함께 가장 지혜롭고 완벽한 사진가로 전해지는

마이너 화이트. 그의 삶의 철학은 많은 논란을 불렀다. 자살로 생을 마칠 때까지 삶 자체가

창조행위란 생각에 인생과 작품의 일치를 강조했다. 대학에서 식물학을 전공한 그는

사진을 배우며 시 쓰기를 즐겨했다.

미국 최고의 교육자이며 이론가였던 그는 사진기술 이론을 가르치기보다 인간의식과 영감에 의한

명상법을 먼저 가르친 후 토론과 실습을 했다고 한다. 그는 현대사진에 대단한 영향을 미친

사진 전문지 『아파츄어』의 편집자였다. 그래서 그의 명성과 영향력은 더욱 커졌을 것이다.

「창가의 백일몽」이란 사진을 보통 심상(心象)사진이라 하는데,

이 사진이 주는 신비주의는 융의 철학과 선사상에 닿아 있다.

이는 시대적 상황과 긴밀하다. 1950년대는 새로운 영감을 찾으려는 예술가들과

마이너 화이트, 창가의 백일몽, 1958

프라인드리히, 마이너 화이트의 초상, 1976

비트족들에 의해 선이 부흥기를 맞은 시기였다. 그러다가 60년대에 들어와 진지한 선 수련과
더불어 선에 대한 관심이 고조된다. 선이란 무엇인가?

　　허망한 생각을 다 없애버리고
　　없어진 그곳마저 지워버리면
　　몸과 마음 허공에 기댄 듯하나니
　　고요한 그 빛이 크게 빛나리

이렇게 무명의 선시(禪詩)처럼 선은 무조건 버리는 데서 시작된다.
탐욕과 분노가 낳는 모든 집착을 버리고 있는 그대로 바라본다. 그리하여 마치 모든 것이
처음인 것처럼 경험해야 한다. 그런 상태에서 사물의 실재를 보는 것이 '깨침'이다.
불타(佛陀)는 모든 것을 깨친 사람이란 뜻이다.
깨침을 얻으면 안팎이 없다. "모든 순간이 하나됨에 속한다." 선의 대가들은 깨친 마음이 "우리의
보통 마음이며 우리들이 가장 자연스러울 때, 우리들이 가장 정직할 때, 즉 선입견이 없을 때
궁극적인 실재에 가장 근접한 것"이라 강조한다. 선은 우리가 모두 부처라고 가르친다.
나는 불교의 선이 기독교의 기도나 묵상과 크게 다르지 않다고 본다. 기독교, 천주교도
하느님 말씀대로 살면 모두 예수가 될 수 있다고 가르친다.
결국 깨어 있되 자연처럼 선하고 조화롭게 살라는 것이리라.
여기 한 신부님의 글이 있다.

구두가 발에 맞을 때 발이 잊혀지고
띠가 허리에 맞을 때 허리가 잊혀지고
만사가 조화를 이룰 때 자아는 잊혀진다

어쨌든 자신에게 집착하지 않고 뭐든 자연스레 흘러가게 놔두는 것이 선에서는 중요하다. 행복은
모든 인위를 버린 비어 있는 마음에 머문다. 마이너 화이트의 사진을 보면 만물에 깃들인
영혼이란 게 느껴진다. 아무 분별이 없이 온 사물과의 합일이 신비하게 펼쳐져 있다.
"나의 유산은 무엇일까? 봄의 꽃들, 언덕의 뻐꾸기, 가을의 낙엽"이라는 료오깐대사의 말처럼
우리가 남기는 유산이 바로 자연이다.

방랑을 꿈꾸게 하는 사진

요제프 쿠델카

나는 가끔 집시가 되어 아무 욕심 없이 떠밀려 살고 싶어진다.

낡은 옷과 따뜻한 마음만 걸치고 배고프면 배고픈 대로, 세월이 가면 가는 대로 헛헛하게

밀려가고 싶다. 부귀공명의 허망함을 안고 황량한 벌판을 떠도는 삶도 괜찮으리라. 집시들의

가난과 고통을 잘 알지 못하지만 물질문명에 찌든 우리들보다 그들의 정신이 더 건강해 보인다.

아무것도 소유하지 않는 정신의 해방감, 그 자연스러움이 나는 그리운 모양이다.

요제프 쿠델카(Josef Koudelka 1938~   , 체코슬로바키아)도 그런 집시들의 삶에

공감했던가. 체코 내전 때 그는 많은 체코인들처럼 조국을 떠날 수밖에 없었다.

그래서 황량한 진창에서 사는 집시들한테 동병상련을 느꼈을까. 사진가는 집시의 운명처럼

떠돌아야 한다. 쿠델카한테서도 집시의 냄새가 난다. 그는 집시들을 많이 찍었다. 바람처럼

떠돌며 사진을 찍는 기묘한 사진작가! 볼수록 아프고 바람 부는 시 같은 기묘한 사진들이다.

체코의 시내를 배경으로 시계를 보는 작가를 본다. 무엇을 말하는 걸까?

그는 언젠가는 사진을 찍을 수 없으리라는 두려움을 가졌다고 한다. 이런 그의 심정을 대변하는

것인가? 누구에게나 더이상 아무것도 할 수 없는 날에 대한 공포감이 있다. 습관이겠지만 우리가

늘 시계를 보는 이유의 하나도 그것이리라.

오늘 시계를 열일곱 번 봤다. 시계를 보면서 하룻동안에 할 일과

내일과 한 주의 일들을 계획한다. 시계를 보면서 게으름을 피우다 일이 밀리면 괴로워진다.

산다는 것이 시계 보는 일 같다. 그가 밀도있는 사진을 꿈꾸듯 누구나 힘있고 밀도있는 삶을

꿈꾼다.

그에겐 기이한 분위기를 풍기는 사진들이 많다. 의문을 품게 하고, 이 사람이 어떤 사람인가

궁금하게 만드는 매력이 있다. 그의 사진에 곁들인 베르나르 쀠오의 평도 빛난다.
"쿠델카의 모든 작품은 물음들로 이루어진 책이다. 왜 슬픔을 가진 사람들이 있을까?
왜 고통을 당하는 사람이 있을까? 제단과 테이블 위, 벽지 위, 침대보와 무덤 위의 꽃들은
무엇을 말해주는 것인가? … 모든 것이 지워져버리는데 추억이란 게 무슨 소용인가? …
사람들은 무엇을 생각할까? 무엇을 꿈꿀까? 그들은 자신이 어디서 왔으며 어디로 가고 있는지
알고 있을까? 쿠델카는 아이들, 우연, 외로움, 시간, 추억, 죽음, 믿음을 응시한다."
개와 아이들이 빙판에서 엉켜 노는 사진을 보면 잃어버린 어린날의 향수를 자극한다.
참으로 마음이 애잔하고 푸근해진다. 비천하고 고통스런 삶을 담은 그의 다른 사진들도 상처를
감싸안은 붕대처럼 희고 따뜻하다.
내가 사진을 찍고 공부하면서 참으로 놀란 것은 사진가들의 용감성이었다.
사진을 찍다 전쟁터에서 사망한 로버트 카파처럼 자신을 다 거는 용감성 말이다. '건다'는 얘기가
나오니 20세기의 명곡 조용필의 「킬리만자로의 표범」이 생각난다.
"바람처럼 왔다가 이슬처럼 갈 순 없잖아. 내가 산 흔적일랑 남겨둬야지. … 사랑이 외로운 건
운명을 걸기 때문이지. 모든 것을 거니까 외로운 거야…"
가장 가치있다고 믿는 일에 모든 것을 걸지 않으면 삶은 무의미하다. 자신을 걸 목표가 있는 자는
행복하다. 그것이 곧 희망이고 사랑이므로. 요제프 쿠델카는 사진에 자기 자신을 걸고
아직도 방랑중인 것 같다. 모두가 바람처럼 왔다가 이슬처럼 갈 순 없다고 저렇듯 열심히
일하고 열렬히 사랑하는 것이다.
봄이 오면 나는 여행을 떠나리라. 좋아하는 랭보의 시 「감각」을 읊으면서, 쿠델카의 애잔한 사진을

요제프 쿠델카, 체코슬로바키아, 1968

요제프 쿠델카, 체코슬로바키아, 1966

떠올리면서······ 봄바람과 햇살을 맞으며 걷고 싶다.

검푸른 빛으로 짙어가는 여름의 해질녘,
보리까라기 쿡쿡 찔러대는 오솔길로 걸어가며 잔풀을
내리 밟으면, 꿈꾸던 나도 발밑에 그 신선함 느끼겠지.
바람은 나의 얼굴을 스쳐가리라.

아, 말도 하지 않고 생각도 하지 않으리
그래도 한없는 사랑은 영혼에서 솟아나리니
나는 이제 떠나리라. 방랑객처럼
연인을 데리고 가듯 행복에 겨워, 자연 속으로.

충격의 홈런을 날려라 2

리 프리들랜더, 개리 위노그랜드, 다이앤 아버스

모든 사물은 내가 사랑하면 숨을 쉰다

미래에 대한 불안과 불안, 꿈과 꿈 사이에서 흔들리며 주말을 보낸다.

불안도 김치처럼 익숙해지면 볶음밥을 해먹고 싶다. 거기에 권태의 시든 파를 송송 썰어 넣고

볶으면 심금을 울리는 식사가 될지 모른다. 별 생각이 다 드는 날, 몸 속에 설렁설렁 겨울바람이

분다. 추운 가슴을 녹일 다정한 것, 심금을 울리는 그 뭔가가 그립다. 무겁고 심각한 것들을

깨부수고 오리털처럼 가볍게 날아오르고 싶은 시간.

창밖에 눈사람이 웃고 서 있다. 마치 살아 있는 것 같아.

눈사람도 애정을 갖고 바라봐서 그런가? 모든 사물은 내가 사랑하면 숨을 쉰다.

재즈풍의 캐럴 중에서 「프러스티 눈사람」이란 노래가 있다.

  눈사람 프러스티는 행복한 사람 / … / 아이들이 발견한 낡은 비단모자는 / 마법의 힘이

  있었는지도 몰라 / 모자를 씌워주자 / 눈사람 프러스티가 / 춤을 추기 시작했거든 // 어,

  프러스티 눈사람이 / 살아 움직였어 / 웃기도 하고 / 뛰어놀기도 했지 / 마치 너와 나처럼 말야

47년이 지난 지금 프러스티 눈사람은 뭐 하나? 펩시맨, 연필맨, 김밥맨, 스노우맨……

다들 따뜻한 체온을 갖겠다고 난리군. 아무튼 아름다워.

리 프리들랜더, 『외눈박이 고양이처럼』

1960년대의 미국은 케네디 암살, 흑인폭동, 반전운동, 히피문화, 성해방, 여권신장운동 등

리 프리들랜더, 『외눈박이 고양이처럼』(1989)에서

리 프리들랜더, 셀프 포트레이트, 1965

혼란과 위기, 격동의 시대였다. 급진적이고 진보적인 성향과의 충돌로 기성 가치체계가
붕괴되기 시작했다. 이런 사회적 상황을 배경으로 60년대의 사진은 50년대의 로버트 프랭크와
윌리엄 클레인에 의해 시도된 주관적인 시각에서 밖을 바라본 관점을 좀더 적극적이고
다양한 스타일로 바꿔갔다. 60년대를 획으로 틀에 박힌 형식에 얽매인 『라이프』『룩』지 등에서
벗어나 자유분방한 표현이 이루어졌다.
60년대의 사회적 풍경을 찍은 리 프리들랜더(Lee Friedlander 1934~ , 미국)와
개리 위노그랜드(Garry Winogrand 1928~1984, 미국)는 자주 비교된다. 리 프리들랜더는
『외눈박이 고양이처럼』(1989)과 최근의 사진집 『사람들로부터의 편지』(1994)에서 보듯 풍경의
친숙한 소재를 찍되 주제를 찾는 시선과 감각이 뛰어나다. 만약 큰 싸움이 일어났다면 그는 싸움이
왜 일어났는가에 주목해서 사진을 찍는다. 그러나 개리 위노그랜드는 싸움의 현장성에 집중해서
찍는다.

개리 위그노랜드, 『여자는 아름답다』
로버트 프랭크를 추종했고 윌리엄 클레인의 영향이 컸던 개리 위노그랜드는 생의 격정적인
순간의 리얼리티를 추구했다. "사진은 생생한 현실 이상의 어떤 것이 아니면 안된다"고 한
그의 말은 1975년에 출간된 『여자는 아름답다』에서 잘 드러난다.
아이스크림을 먹다가 파안대소하는 여자, 남성보다 더 씩씩하고 당당하게 걷는 여자 ──
더이상 남성 안에 갇힌 여성이 아니다. 그의 사진집에는 여성해방운동 직후의 시대적 상황이
표출되어 있다. 카메라만이 잡아낼 수 있는 사회적 표정이 담겨 있다. 그의 사진을 통해 기회를

개리 위노그랜드, 『여자는 아름답다』(1975)에서

개리 위노그랜드, 『여자는 아름답다』에서

잃지 않는 것이 인생에서 얼마나 중요한가를 본다. 연출되고 꾸며진 사진들에 반기를 든 그였기에
과감한 앵글과 뛰어난 순간포착으로 가장 미국적인 도시풍경을 남겼다. 여자는 아름답다?
여자 나름이다. 늙은 여자는 아름답다. 그렇다, 이렇게 대답하기까지 타데우추 루제비치의 시
「노파에 대한 이야기」가 한몫 했다.

> 나는 늙은 여자들을 사랑한다 / 못생긴 여자들을 / 심술궂은 여자들을 // 늙은 여자들은
>
> 이 지구상의 소금이다 / … / 늙은 여자들은 훈장의 / 사랑의 / 신앙의 이면을 알고 있다 //
>
> 늙은 여자들이 왔다가 간다 / 인간의 피로 더럽혀진 손으로 독재자들이 / 못된 짓을 저지르고
>
> 있는 동안에 늙은 여자들은 아침이면 일어나서 / 고기와 / 빵과 / 과일을 판다 / 청소를 하고
>
> 요리를 한다 / … / 늙은 여자들은 죽지도 않는다

사실 나는 여자와 남자를 구별하기 싫다. 남녀가 동등한 세상이었다면 '아버지' 문제가 요즘처럼
심각하진 않았을 것이다. 부권사회에서 남자의 역할이 추락할 땐 그 고통과 부담은 더욱 크다.
남성중심 사회의 닫힌 의식으로 인한 편견과 선입견은 남녀 둘 다에게 고통을 주는 게 아닐까.

다이앤 아버스가 자살한 이유

아베 고보의 소설 『타인의 얼굴』에서 한 대목이 떠오른다. "참말로 이 세상의 모든 사람이
일순 동안에 안구를 잃든가, 빛이라는 존재를 잊어버리든가 해준다면, 얼마나 근사할까."
독하고 씨니컬한 이 말은 고통을 겪어야만 남의 고통을 깊이 이해한다는 점에서 공감이 간다.

스티븐 프랭크, 다이앤 아버스의 초상, 1970

우리의 통념을 바꾸면 장애자가 정상이고 비장애자가 기형일 수 있다. 정상인으로 살면서
정신이 불구인 자가 얼마나 많은가. 우리 자신부터 정신이 불구일 때가 있지 않은가.

다이앤 아버스(Diane Arbus 1923~1971, 미국)는 일상 속에서 생생히 숨쉬고 있는 기형인을
주제로 찍었다. 성적 이상자, 나체주의자, 거인, 난쟁이, 정신박약아, 열광적인 애국자 등.
그리고 정상인조차 곤충채집한 것처럼 쇼킹한 디테일로 표현한다.

마치 정상과 비정상이 없다고 말하는 것 같다.

아버스는 "미국의 도덕적 타락과 그 붕괴의 쇼크를 표현한 가장 훌륭한 사진가"라는 평을 받았다.
또한 부유한 가정에서 태어난 것에 죄책감을 가진 듯이 보였다고 한다. 그녀는 확고한 신념과
방법론으로 일관성있게 작업했다. 인물과 마주보는 정면성을 고집한 그녀는 남과 나의 거리를
좁히려는 욕망과 그 딜레마를 누구보다 치열하게 드러냈다.

그녀의 사진은 시간이 지날수록 내게 깊이 각인된다. 방치되고 소외된 세계에서
시선을 떼지 않아서다. 왜 이다지도 인생은 상실과 아픔이 많고 그리움이 깊은 건지……
살 수도 없고 죽을 수도 없이 괴로울 때 옷깃을 여미고 자신을 더 깊이 따뜻이 바라보자.
그리고 세상에 내 것이란 없다. 삶은 사랑으로 나누어 갖는 것이다.

나는 아무것도 아니다, 아무것도 해놓은 것이 없다, 아무것도 잘할 자신이 없다 생각되면
비통함을 누르고 아무것도 아닌 것에서부터 다시 시작하는 것이다.

부단히 일어서는 자에게 복은 있나니!

다이앤 아버스, 무제 #7, 1970~71

누 드

알프레드 스티글리쯔, 에드워드 웨스턴…

가장 훌륭한 작품은 사랑할 때 나온다

여자의 육체, 하얀 구릉, 눈부신 허벅지,
몸을 내맡기는 그대의 자태는 세상을 닮았구나.
내 우악스런 농부의 몸뚱이가 그대를 파헤쳐
땅속 깊은 곳에서 아이 하나 튀어나오게 한다.
…
… 난 그대를 사랑한다.
가죽과, 이끼와, 단단하고 목마른 젖의 몸뚱이여.
아 젖가슴의 잔이여! 아 넋잃은 눈망울이여!
아 불두덩의 장미여! 아 슬프고 느릿한 그대의 목소리여!

내 여인의 육체여, 나 언제까지나 그대의 아름다움 속에 머물러 있으리.

네루다의 「사랑의 시」를 읽는 것은 참 멋진 일이다. 여인의 육체와 사랑에 대한 표현이
거대하고 아름답다. 헤밍웨이는 "가장 훌륭한 글은 사랑할 때 나온다"고 했다.
이 시도 사랑할 때 썼을 것이다. 여기에 실린 스티글리쯔와 웨스턴의 사진도
사랑할 때 연인을 찍어선지 작품이 뛰어나다.
지금 나체의 가슴이 매혹적으로 다가온다. 깊고 어둡고 쓸쓸하게 긴장감을 주며 온다.

드러낸 젖가슴 위의 한 손이 나에게 말을 걸어올 것 같다. 에로틱한 것을 넘어
엄숙하고 불가사의하다.

사진 속의 무엇이 나를 이토록 끌어당기는가. 뭔가 통렬하게 터질 듯하면서 터지지 않는
외로운 격정과 불안이 느껴진다. 이상하게 손은 아름다운 악기처럼 운다. 뭔가
마음을 끌어당긴다는 건 뭔가 생각하게 만든다는 것이다. 이 끌어당김, 생각하게 만듦이
외설, 포르노와 구분되는 예술의 힘이리라.

이 사진은 사진예술 확립에 공헌이 컸던 알프레드 스티글리쯔(Alfred Stieglitz 1864~1946,
미국)가 화가인 아내 조지아 오키프를 모델로 찍은 것이다.

다른 누드 한 장은 만 레이와 동시대를 산 에드워드 웨스턴(Edward Weston 1886~1958, 미국)의
작품이다. 스티글리쯔는 비와 눈을 좋아했고 웨스턴은 태양과 모래를 사랑했다.
웨스턴의 마지막 연인 샤리스를 찍은 이 사진은 성적 감정을 부르지 않는다.
잠에 빠진 육체는 금세 사라질 듯 덧없음이 흐른다. 누드사진에도 작가의 사상, 감성, 감각이
그대로 배어나는 것이다.

가식을 벗은 누드예요

영화 「도어스」에서 "모든 위대한 것은 가식을 벗어버림으로써 진정한 인간애로
표현된다"고 했다. 마침 부엌에서 커피를 끓이는데 국수와 홍당무가 말한다.
"저는 가식을 벗은 누드예요."
하늘에 뜬 보름달도 외친다. "저야말로 누드랍니다!"

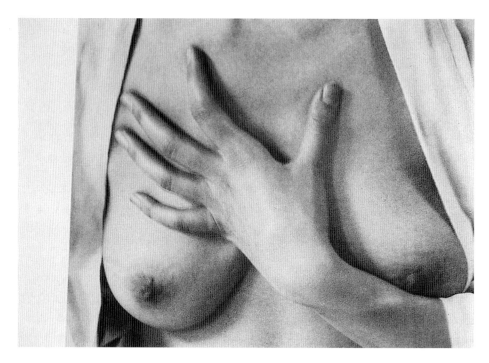

알프레드 스티글리쯔, 조지아 오키프, 1958

에드워드 웨스턴, 누드, 1936

붉은 유리컵도 누드, 전등도 누드, 화초도 누드.

나는 두번째 시집 『세기말 블루스』의 「나의 싸움」이란 시에 좀더 생생한 느낌을

주기 위해 내 뒷모습 누드를 실었다. 사진을 본격적으로 배우면서 사라지는 인간 존재의

의미를 묻고 표현하기 위해 셀프 누드를 많이 찍었다. 그러나 표현된 모습보다

옷을 벗은 것이 화제가 되어 놀랐다. 나는 분명한 것이 좋고, 철저하고 치열한 작가들을 좋아한다.

나도 그런 태도로 작업했을 뿐인데……

일에서 대충대충, 흐지부지, 얼렁뚱땅, 어정쩡한 태도를 나는 혐오한다.

우리 시대의 부끄러움인 성수대교 붕괴, 삼풍대참사 등의 대형사고와 죽음의 시화호,

경부고속철 부실공사는 그런 대충대충 의식에서 비롯된 것 아닌가.

우리나라 사람들은 성적 노이로제가 심한 편이다. 외국엔 나체촌이 있고 혼탕도 있으니

우리도 그래야 한다는 것이 아니다. 진정한 예술의 발전을 위해, 그리고 가식없는 세상을 위해

우리의 의식을 열어야 한다.

자연은 누드적 평화 속에서 누드적 사색에 잠긴 듯하다. 에르빈 블루멘펠트(Erwin Blumenfeld

1897~1969, 독일)의 사진을 보자. 천에 달라붙은 몸이 몹시 자극적이다.

에로티씨즘의 향기가 강렬하다. 옷을 다 벗은 것보다 보일락말락한 모습이 더 야할지도 모른다.

벨로크(E. J. Bellocq 1873~1940, 미국)는 1910년대 재즈의 발생지인 뉴올리언스에서

창녀들의 초상사진을 촬영한 영업사진가다. 그의 누드 사진을 보면 기분이 묘해 자꾸 시선이 간다.

창녀에 대한 동지애도 스며나온다. 그의 사진은 현대의 대표적 사진가

리 프리들랜더에 의해 발견된 것이다. 오랫동안 감춰진 덕분에 사진에 난 흠집이나

에르빈 블루멘펠트, 젖은 베일 Ⅱ, 1937

변색된 인화지가 매력을 더해준다.

빌 브란트(Bill Brandt 1904~   , 영국)도 여인의 희고 매끄러운 알몸이 기차처럼

길게 땅을 휘감는 눈부신 누드를 창조했다.

마이너 화이트(Minor White 1908~1976, 미국)는 절제된 예술사진으로 현대사진에 큰 영향을

끼쳤는데, 남성누드에 손댄 것이 의아스럽다. 그러나 그는 게이라서 남성의 아름다움에 대한

욕구가 컸을 것이다. 그의 다른 사진과 마찬가지로 절제와 깊은 통찰이 엿보인다.

이렇게 누드의 아름다움에 여자, 남자가 따로 없는 것이다.

누드의 거울에 당신을 비춰보라

예술의 영원한 주제인 누드는 자아의 한 표현이다.

사진가 김남진은 "인간적인 냄새를 풍기는 것이 벗은 모습 아닌가. 기왕 찍는 누드라면

당당하고 힘차면서 그곳에서 아름다움을 발견했으면 좋겠다"고 말한다.

성적인 억압이 클수록 욕구불만과 불안이 생긴다.

정신과 의사인 남동생의 말을 빌리면 "성적 억압으로 생긴 개인의 욕구불만이 모이면 사회적

불안으로 확대된다. 꼭 성적 억압만이 아니라 인간의 다양한 본능이

예술적으로 승화될 수 있는 여건이 돼야 사회가 안정된다."

"예술교육의 결핍은 감수성의 퇴화를 가져온다"고 허버트 리드도 말했다.

미셸 라공은 덧붙여 "감수성의 퇴화에 이른 인간은 폭력을 열망한다"고 했다.

나는 이들의 말에 깊이 공감한다.

E. J. 벨로크, 무제, 1911~13

빌 브란트, 누드, 1964

마이너 화이트, 누드: 발, 1947

인간이 건강하려면 음식물을 골고루 섭취해야 하듯, 세상이 임신부의 배처럼 충만하고

기쁘게 출렁거리려면 다양한 의견이 있고 그것들이 다같이 존중돼야 한다.

누드의 거울에 당신의 몸을 비춰보라.

어떻게 생겼든 사람의 몸은 얼마나 아름다운가.

누드 곁을 흐르는 에로스

호소에 에이꼬오

문득 술이 마시고 싶고, 노래가 부르고 싶고, 사진 한장이 그리워졌다.

'배철수의 음악캠프'에서 녹음한 야마시따의 「미스터리즈 어브 러브」를 스물한번째 들으며

뼛속까지 사무쳐오는 사진(74면)을 본다.

시커먼 바람이 벌판 가득히 몰려온다. 바람과 먹구름이 하늘을 불태울 것 같다.

외로이 구부정히 앉은 슬픈 사람. 무엇을 기다리고 그리워할까?

막막한 하늘만큼 삶이 무섭고 아득하다. 의지할 데 없는 존재의 고립감이 느껴진다.

해일이 몰아치듯 뜨거운 격정과 그것을 감싸안는 정적, 그리고 쓸쓸함이 나를 천천히 미치게

만든다. 그런데 일본의 거장 호소에 에이꼬오(細江英公 1933~)의 사진을 보면 왜

이상(李箱)의 「꽃나무」가 생각날까? 참 이상하다. 일제 식민시대의 좌절 속에서 '박제된 천재'로

살다 죽은 이상의 빛나는 시가 호소에 에이꼬오의 사진과 묘하게도 잘 어울린다.

　　벌판 한복판에 꽃나무 하나가 있소. 근처에는 꽃나무가

　　하나도 없소. 꽃나무는 제가 생각하는 꽃나무를 열심으로

　　생각하는 것처럼 열심히 꽃을 피워가지고 섰소. 꽃나무는

　　제가 생각하는 꽃나무에게 갈 수 없소. 나는 막 달아났소.

　　한 꽃나무를 위하여 그러는 것처럼 나는 참 그런 이상스러운

　　흉내를 내었소.

같은 동양인이라서 그런가. 둘 다 감수성이 비범하고 실존의 시적인 순간포착이 뛰어나다.

호소에 에이꼬오는 토오꾜오대학 사진과를 졸업했고, 많은 수상경력을 가졌다.
프리랜서로, 교수로 일했다. 드라마틱한 화면과 이야기가 담긴 초현실적인 이미지로 인간을
탐색한다. 에로스에 깔린 애증의 감정들이 소용돌이치고, 삶의 격렬한 갈망 뒤에서 깃발처럼
흩날리는 절망과 파멸의 기운이 요동친다.
부드럽게 몸과 몸이 둥근 춤을 추는 섹스. 그 끝까지 가서 인간 정념을 파헤친
야한 영화 「감각의 제국」을 볼 때와 같은 충격을 받는다.
그의 사색과 격정은 지극히 일본적이면서 인체를 다룰 때는 비일본적 감각도 보인다.
사진집 『카마이따찌(鎌鼬)』(1969, 일본 농촌에 민속전설로 전해져 내려오는 일종의 도깨비)는
무용가인 시즈까따 타스미의 육체의 드라마를 추구한다. 74면에 실린 사진도 그중의 하나다.
작가는 여기에서 동북지방을 중심으로 원시적인 상황을 설정하고 일본인 원형의 모습을 찾는다.
'에로스를 통한 존재규명'을 주제로 한 사진집 『장미형(薔薇刑)』(1963)에 있는 사진 한 장을 보자.
고개를 치켜든 여인 뒤의 모델이 그 유명한 소설가 미시마 유끼오다. 이 사진집에서 미시마는
벌거벗은 죄수로 등장한다. 단순한 누드사진이 아니라 몸이란 껍데기 속에 감춰진 인간의
근원적인 문제를 파고든 작품이다. 나체의 미시마 유끼오. 그를 생각하면 그의 뛰어난 소설
『금각사』의 한 대목이 마음을 스치며 지나간다.

떠나야만 한다. 거의 이 말은 날개치고 있다고 해도 좋았다. 나는 나의 환경으로부터,
나를 붙잡아매고 있는 환경으로부터, 나를 붙잡아매고 있는 미의 관념으로부터,
나의 때를 못 만난 불우로부터, 나의 말더듬이로부터, 나의 존재의 조건으로부터,

호소에 에이꼬오, 『장미형』(1963)에서

호소에 에이꼬오, 『카마이따찌』(1969)에서

어쨌든 출발하지 않으면 안된다

26년 전 미시마는 천황 중심의 군국주의 부활을 호소하다 할복자살로 세계에 충격을 주었다.

자신의 작품과 생을 일치시켜버린 죽음의 미학을 정신질환으로 해석하는 이도 있다.

그러나 자신의 신념을 위해 목숨을 거는 태도는 일본인의 한 경향이고, 그것이 일본문화를

발전시켰다고 본다. 이 사진(75면)을 찍을 때 두 작가 사이에는 불꽃튀는 논쟁이 있었다고 한다.

패기만만한 두 천재의 기백과 화합으로 이룬 뛰어난 사진집 『장미형』은

독일 프랑크푸르트 국제도서전시회에서 센쎄이셔널한 반향을 일으켰다.

생이 테마였던 호소에 에이꼬오가 말하길 "생과 사는 정반대의 관계이므로 그것을 추구해나가면

어디에선가 같아질 것으로 생각한다. … 나는 사진의 패턴이나 디자인에는 흥미가 없다.

흥미가 있는 것은 섹스가 있는 인간이다. 누드에서 표현하고 싶은 것은 사랑이다.

누드 사진의 근처에는 강물과 같은 사랑이 흐르고 있지 않으면 안된다." 그의 이 말도 그렇고,

육체와 에로스의 테마를 과감히 정면에서 다룬 작품집 『남과 여』(1960)의 힘있고 격렬한 사진도

일본인의 특성을 여실히 드러낸다.

『남과 여』의 전시회를 찾은 네덜란드의 세계적 사진가 엘스켄은 말했다.

"당신은 과연 일본인이오! 일본인이 아니고선 도저히 나타낼 수 없는 표현력이오."

참으로 부럽다. 세계 사진사에 관한 서적들을 훑어보면 호소에 에이꼬오와 몇몇 일본 작가는

언급되는데 우리나라 작가는 뵈질 않는다. 뛰어난 사진작가가 부족하고

약소국가인 탓도 있다. 그러나 일관성 없는 문화정책과 문화 정체성의 부재,

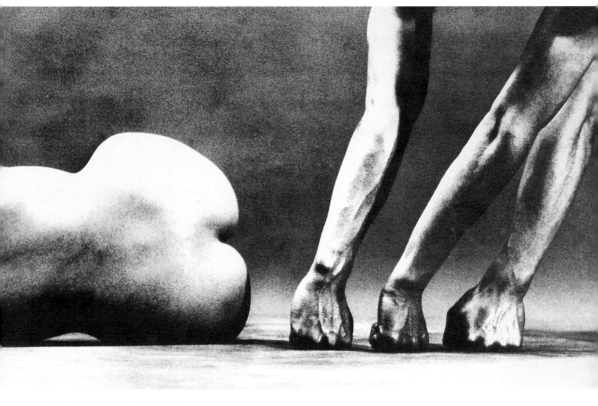

호소에 에이꼬오, 『남과 여』(1960)에서

작업에 자신을 다 걸지 못하는 풍토랄까 분위기가 아쉽다.

얼마전에 치른 일본과의 월드컵 축구경기를 다시금 생각해본다. 서로간에 민족감정이 격렬하게

표출되는 것이 심각하게 느껴졌다. 우리는 일제 침략이 남긴 상처를 되새기지 않을 수 없다.

문화유산의 약탈과 단절이라는 막대한 부정적인 영향 말이다. 프랑스는 일본과 일본문화를

유난히 선호하는 편이다. 물론 미국문화를 견제하기 위한 것도 있지만, 프랑스에서는

어느 한해를 '일본의 해'로 정할 만큼 다양한 문화행사를 열어 큰 관심을 불러일으켰다.

특히 일본의 국보 백제관음상은 그윽한 아름다움으로 인해 유럽인에게 큰 감동을 주었다.

한국의 백제인이 만들었을 관음상의 의미를 숨긴 채…… 여기서 나는

일본인들을 탓하기 전에 문화발전을 위해 우리는 무엇을 하고 있나 반성하고 싶다.

그들의 이중적 성격은 돌발적이면서도 강렬한 미의식으로 형상화되어 나타난다. 그러면 우리만의

특성은 무엇일까? 소박하고 정겹고 슬프고 부드러운 선(線)의 미학을 거론하는 데 망설일 이유가

없다. 고향 산천과 초가와 기와집, 한복 등에서 쉽게 그려지는 아름다움. 모자란 듯하면서 꽉차고,

억센 듯하면서 부드럽고, 인생의 쓸쓸함을 아는 자의 따뜻한 손길처럼 질리지 않는

우리만의 독특한 미가 바로 그것이다. 그러나 지금 우리는 속물성, 한탕주의에 물들어

고유의 아름다운 모습을 잃어가고 있지 않은가.

따뜻한 햇볕 아래 들길을 걸으면서 살아 있는 나를 느끼고 싶다. 그리고 당신들에게

들국화 한 다발씩 선물하고 싶다. 절망을 희망으로 바꾸는 이들에게 햇살이 흐르고 바람소리와

조국의 흙냄새가 나는 들국화를……

끝까지 간다는 것은

디터 아펠트

모든 일에서

극단까지 가고 싶다

일에서나 길에서나

마음의 혼란에서나

재빠른 나날의 핵심에까지

그것들의 원인과

근원과 뿌리

본질에까지

운명과 우연의 끈을 항상 잡고서

살고, 생각하고, 느끼고, 사랑하고

발견하고 싶다

아, 만약 부분적으로라도

나에게 그것이 가능하다면

나는 여덟 줄의 시를 쓰겠네

정열의 본질에 대해서

도주와 박해

사업상의 우연과

척골(尺骨)과 손에 대해서도

그것들의 법칙을 나는 찾아내겠네

그 본질과

이니셜(initial)을

나는 다시금 반복하겠네

—— 보리스 빠스떼르나끄

빠스떼르나끄! 나는 얼마나 그의 글을 좋아했던가.

나의 20대에 까뮈와 도스또예프스끼, 마르께스와 카프카만큼 나의 정신을 지배한 작가였다.

위 시를 읽으며 위안과 정열을 얻던 시절이 생각난다. 고향 철길이 내 곁에 눕고 안개와 바람과

빨간 기차소리가 지나간다. 그때는 뼛속까지 외로웠고, 책에 사로잡혀 무슨 일에든지 끝장을

보리라, 내 좌절과 고통의 의미를 찾으리라 다짐한 시절이었다.

그의 많은 시와 『닥터 지바고』도 좋지만 그의 자전적 에쎄이 『어느 시인의 죽음』도

무척 인상적이었다. 그리고 예술가나 철학자의 생애와 사상에 관한 책들은

내 인생의 가로등 불빛이었다.

끝까지 간다는 것, 모든 일에 극단까지 간다는 것. 그것은 죽음의 깊은 향기가 배어날 정도로

열렬히 삶을 살아내는 것일까.

죽음의 냄새가 날 정도로 치열한 삶을 발견한 적이 있다. 스물여섯살 때『계간미술』에서 본

프랜씨스 베이컨의 그림과 작업실 사진이었다. 방안은 아무 치장도 없었다.

읽고 제멋대로 던져진 책으로 수북했다. 이젤과 캔버스 앞에 고개만 옆으로 내민 베이컨.

작업에 자신을 모두 건 자의 모습이었다.

지금 디터 아펠트(Diter Appelt 1935~ , 독일)의 사진을 보니 그때 그 느낌이다.

이것이 끝까지 간다는 것의 진수가 아닐까 싶다.

7, 80년대 사진가들의 활약은 눈부셨다. 그에 비해 90년대는 주도적 장르가 없이

'이슈의 고갈'과 '실험성의 부재'를 보이고 있다. 그래도 제3세계 작가들의 활동이 돋보였다.

아펠트의 회오리바람이 1994년 뉴욕 사진계를 흥분으로 몰아갔다고 한다.

그는 1995년 쏘호 미술제에 충격을 주고 가장 주목받는 작가로 떠오른다.

열정과 에너지의 폭발력과 장대한 스케일이 압권이다.

그는 무시무시하도록 죽음에 가까이 간다. 죽음 속에 침잠한 상태를 표현한다.

그의 신체는 "용기(用器)이고, 묘이며, 몇천년 전에 걸친 인간 문화의 기념물"이다.

그의 셀프사진은 상처 깊은 영혼의 광채를 띤다. 셀프사진은 자칫 연약한 나르시시즘에 그칠

위험이 있다. 그러나 그는 자신의 몸을 폭탄처럼 쓴다. 자학적이고 역동적인 그의 셀프사진은

2차대전의 유태인 학살이 떠오를 만큼 폭력성을 발산한다.

아펠트를 일본의 정신문화에 심취한 사진가라고들 한다. 몇차례 일본을 왕래하고 거주한 경험

덕에 자연스레 동양의 선(禪)사상에 이끌렸으리라. 행위예술과 설치예술에 가까운 그의 사진에

사용된 대나무가 그렇고 소멸과 재생의 색인 흑백의 조화도 그렇다.

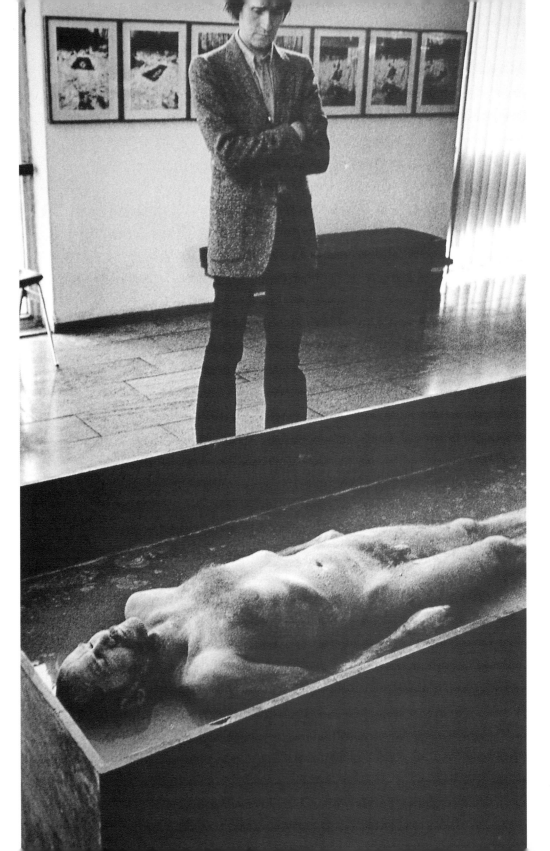

디터 아펠트, 눈의 탑(Eye Tower), 1977

디터 아펠트, 블랙박스에서의 행위, 1979

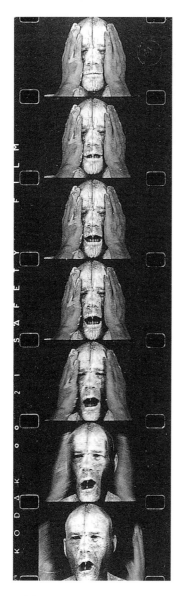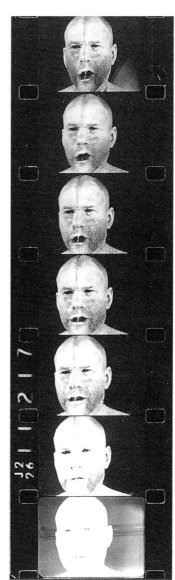

디터 아펠트, 삶과 죽음의 이미지(부분), 1981

그는 구도자처럼 고행을 통해 작업을 한다. 그의 사진은

역사와 기억의 집적을 보여준다. 나는 그의 사진에서 이집트의 파라오와 피라미드처럼

오랜 시간의 냄새를 느낀다.

1935년 독일에서 출생한 그는 음악공부를 한 후 사진을 시작했다. "2차대전의 참혹함과

요셉 보이즈의 퍼포먼스의 경험, 동양의 선과 아스떼끄 정신의 경험, 그리고

베를린 장벽을 허무는 통일의 과정" 등의 체험은 그의 작품을 이해하는 데 도움이 될 것이다.

끝까지 간다. 끝장을 본다. 그 끝에 자유가 태평양처럼 넘실거린다.

너 때문에 울지 않은 여자가 없다

도로시어 랭, 워커 에번스

가난을 재산으로 삼다

당신은 행복한가? 행복은 어디에 있는가?

도스또예프스끼 말대로 우리는 행복을 선반 위에 두고 불행만 손꼽고 있지 않은지 모르겠다.

사랑의 상대도 주변에서 찾듯 행복도 먼데서 찾지 말자. 아침에 일어나면 나는 먼저

라디오를 튼다. 김창완의 정감어린 소개로 국수처럼 뽑혀나오는 밥 말리의

「노우 워먼 노우 크라이(울지 않은 여자가 없다)」에 기뻐한다. 레게 음악을 대중화한 밥 말리,

그 유명한 밥 딜런, 밥 시거…… 이름이 다 밥이다. 계란부침과 우유 한잔,

김치와 물 한잔에 행복의 포만감을 가진다. 역시 행복은 먹이의 문제가 관건이다.

먹이가 해결되지 않으면 안된다.

서른살에 집을 나와 혼자 살면서 나는 굶어 죽을지 모른다는 강박증에 시달렸다.

생활비를 쪼개 쓰는 입장도 그렇고, 혼자 살면 제때 밥을 챙겨 먹기가 쉽지 않다. 그러다 보니

술자리와 식사 기회가 있으면 정말 잘 먹는다.

생활이 바뀌어도 가난하긴 지금도 마찬가지다. 열심히 일을 안하면 삶도 작품도

죽는다는 생각을 한다. 달라진 게 있다면 이 가난을 재산으로 삼게 되었다는 것이다.

가난은 삶을 치열하게 만드는 에너지다. 나는 가난을 감사히 여기도록 해주십사 기도해본다.

늘 이런 마음가짐이 되기 위해 나의 불만과 싸워야 한다.

서민들은 누구나 똑같은 걱정거리를 갖고 있다. 그러나 극빈자의 경우는 또 다르다.

과연 삶이 죽음보다 나은가?라고 의문이 갈 정도로 그들의 삶은 처절하다.

도로시어 랭(Dorothea Lange 1895~1965, 미국)의 사진 「흰 천사의 급식행렬」에서처럼

도로시어 랭, 흰 천사의 급식행렬, 1932

따뜻한 밥 한 사발을 얻기 위한 인간의 고통은 얼마나 눈물겨운가.

가난을 방치한다는 것은 학살과 다를 바 없다. 1933년의 미국은 경제 대공황이 극한에 달했다. 1935년 곤경에 처한 농민을 지원하고자 루즈벨트 대통령이 창설한 FSA(농업안정국) 산하에 사진 전담반이 구성됐다. 워커 에번스, 도로시어 랭, 벤 샨, 레쎌리 등은 미국 전역을 돌면서 빈곤의 생생한 모습을 기록한다.

워커 에번스(Walk Evans 1903~1975, 미국)는 현대사진의 기수인 로버트 프랭크의 뿌리라 할 만큼 사진사에서 빼놓을 수 없는 존재다. 그는 빠리에 유학하여 사진가가 되어 귀국했다. 제임스 조이스를 동경한 문학청년으로 교양이 풍부하고 꼼꼼하며, 냉정하고 신중한 사진들을 찍었다. 어수선한 이발소, 가게 정면, 농촌주택의 거실 등 많은 정물사진을 격조 높은 예술로 만들어낸다.

도로시어 랭은 체구는 작지만 강했고 소아마비로 다리를 약간 절었다. 다큐멘터리 사진에 큰 영향을 주었다. 집이 없어 간이텐트에서 사는 이주 노동자의 가족사진은 울림이 크다. 어머니의 체온에 기댄 아이들과 어머니의 고뇌가 생생하다.

실제로 사진 속의 여자는 32세고, 그 당시는 식물과 새와 아이들도 죽고, 먹을 것이 없어 자동차 타이어를 팔아 먹이를 구할 정도였다. 이 사진은 현대사진사의 기념비적 작품이다. 그녀의 사진집을 펼치면 그녀가 얼마나 시정과 인간미가 넘치며 조형적 감각이 탁월한가를 느낄 것이다.

　저들의 터전은 저토록 낮고 / 저들의 요구는 저토록 작았다 / 다만 한 방울 이슬과
　한 줄기 볕으로도 즐거워 노래하고 춤춘다 // 저들이 그토록 쉽게 잊혀진 것은 / 저들의

도로시어 랭, 이주 노동자: 캠프의 모자(母子), 1936

론달 파트리지, 도로시어 랭의 초상, 1936

워커 에번스, 폐차장, 1936

워커 에번스, 거리의 악사, 1945년경

생김새가 작아서요. / 저들이 그토록 쉽게 사라진 것은 / 저들이 다만 줄 뿐 셈하지 않아서다 //
저들이 쉽게 희롱 당하는 것은 / 저들이 유약해서 바람을 견디지 못하는 탓이요 /
저들이 쉽게 밟히는 것은 / 저들이 겸손해서 허리를 잘 굽히기 때문이다 // 저들이 끝내 흙을
그릴 뿐 / 하늘을 나는 참새를 부러워하지 않는다 / 저들은 경건히 해와 달과 별들에게
절하면서 아무 말없이 기도할 뿐이다 // 저들은 빽빽이 어깨를 비비며 / 서로 포옹하면서
목숨을 나누고 / 저들 때문에 땅이 향기롭고 / 산하가 좋이 아름답지만 //
가난과 가뭄이 몰릴 때면 / 깡마른 실낱이 되고 / 어느날 목숨 모두가 불길이 되면 /
하늘과 땅 새에서 미친 듯 타오른다.

김수영의 '풀'만큼 내가 좋아한 시 「풀」이다. 대학 때 노트에 베껴놓았는데 중국 시인이 쓴 시로
기억한다. 이 시처럼 풀 같은 존재, 서로 포옹하며 목숨을 나누는 서민들로 땅이 아름다운 것이다.
밀란 쿤데라는 "인생의 기적이나 마찬가지인 축복들을 캐내는 유일한 길은 예술뿐"이라고 했다.
그러나 쓰라린 고통을 들춰내 좀더 나은 삶으로 이끄는 것도 예술이다.
밥 말리의 「노우 워먼 노우 크라이」를 녹음한 걸 다시 튼다. 밥아, 너 때문에 울지 않는
여자, 남자가 없다는 것을 아니? 고맙고 괴로운 밥아, 눈물 같은 밥아!

비오는 날의 쓸쓸한 유진 스미스

유진 스미스

어제부터 천둥이 치고 비가 내린다. 코코볼 같은 빗방울이다. 시원하고 반가워서

가늘게 입술이 떨린다. 그동안 너무나 메마른 나날이었다. 외롭거나 답답해서 안절부절하는

마음이 비에 젖으며 깊이 가라앉는다. 비오는 날이면 라디오 방송에선 레너드 코헨의 「페이머스

블루 레인코트」를 들려준다. 오늘은 세 번이나 듣는다.

풍경은 비를 따라 흘러가고, 마음도 비를 따라 흔들린다.

코헨의 노랫소리를 따라 유진 스미스(W. Eugene Smith 1918~1978, 미국)의 사진들이 젖어든다.

그의 사진 「역 플랫폼에서」에도 비가 내린다.

세상에 혼자 남겨진 듯한 사진 속의 한 사내가 고통스럽게 다가온다. 가방도 돌덩이처럼

무겁게 보인다.

저 멀리 유진 스미스도 젖고 있다.

"유진 스미스씨, 쓸쓸하시군요. 누구나 쓸쓸하죠. 누구나 어둡고 스산하게 홀로 고립되어

죽어가는 것 같아요."

나는 그의 외로움을 위로하고 싶었다.

"슬픔은 인생의 비타민이고, 쓸쓸함은 제 인생의 카페트죠."

비와 섞인 그의 알쏭달쏭한 말이 들렸다.

"쓸쓸함은 자신을 통째로 느끼는 것"이라고 영화 「베를린 천사의 시」에서 말했다.

저기 통닭집의 닭들도 자신의 쓸쓸함을 통째로 안고 죽은 채 배고픈 사람의 손을 기다리고 있다.

유진 스미스의 사진은 항상 성직자처럼 인간의 행복과 사랑을 기원하는 듯하다.

예술가적 기질이 강하여 열네살부터 사진을 찍기 시작했다. 2차대전 때 3년간 종군했던,

유진 스미스, 역 플랫폼에서, 1942년경

유진 스미스, 토모꼬오를 목욕시키는 어머니, 1972

유진 스미스, 미나마따병의 희생자 토모꼬오 우에무라, 공해문제 조사를 위한 청문회, 1972

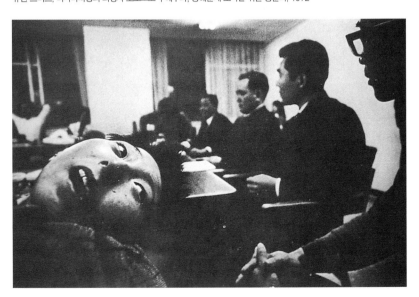

유진 스미스는 1945년부터 2년간 『라이프』지 기자로 유명한 르뽀르따주를 기록한다.

1971년 일본 출생의 에일린과 재혼하여 미나마따시에 정착한다. 그는 화학공장의 배출물인

수은으로 인한 산업공해의 영향을 추적한다. 그때 찍은 「토모꼬오를 목욕시키는 어머니」와

「미나마따병의 희생자 토모꼬오 우에무라, 공해문제 조사를 위한 청문회」는

큰 반향을 일으켜서 무척 유명한 사진이다.

그런데 이상한 건 유명한 작가일수록 사람들이 잘 안 들여다본다는 점이다.

릴케, 보들레르, 이상 등등은 일반대중에게 유명하지만 작가의 분위기만 대충 알고

꼼꼼히 읽는 경우는 많지 않다. 유진 스미스도 그렇다. 이번에 그의 사진을 보면서

다큐멘터리의 진실성에 비견될 만한 그의 개성적인 예술성에 나는 놀랐다.

자신의 양심에 어긋난 편집방침 때문에 잡지사를 떠날 만큼 대쪽 같은 성품이었다.

사진 한 장을 만드는 데 150장의 인화지를 쓸 만큼 그의 집념과 고뇌가 사진에 어려 있어

숙연해진다. 그리고 큰 스케일로 힘이 넘치는 그의 사진은 누구에게나 쉽게 공감을 주고 있다.

평자들은 그를 "보도사진의 성자요, 순교자적 인물"이라고 했다.

"나의 주된 관심사는 성실, 무엇보다도 나 자신에 대한 성실이다." 그의 말에 따라 나도

끝까지 성실하리라고 다짐한다. 창밖의 거친 비도 성실을 다해 내리고 있다.

인생의 신비 쪽으로 뻗은 발

빌 브란트, 랠프 깁슨

사람들이 어둠속을 절규하며 사라지기 때문에

다이애나가 죽었다.

영국의 세자비로서 다이애나는 다이내믹하게 살다 갔다. 그녀의 비극을 아파하며

수백만의 추모인파는 울었다. 그녀의 매력과 버림받은 사람들을 사랑한 향그러운 마음씨는

오래도록 기억될 것이다. 왠지 먼 친구가 죽은 것 같다. 같은 나이라서 그런가.

36세에 이 세상을 하직하는 기분은 어떠할까?

불황에다 도처의 많은 사망 소식, 도처의 달큼한 죽음냄새로 춥고 우울하다.

다이애나가 죽음 속으로 옮겨가고, 나는 푸짐한 여인의 치마 속이나 애인의 바지 속으로 옮겨가

자고 싶다. 그곳은 가장 따뜻하고 은밀한 곳이라 여겨진다. 괴로움이 없을 곳으로 옮겨다니며

괴로움이 없는 삶을 꿈꾸지만 그건 현실에서 가능하지 않다. 그러니 괴로움을 방석처럼

편안하게 깔고 사는 수밖에 없다.

"지(知)에 치우치면 모가 난다. 정(情)에 말려들면 낙오하게 된다. 고집을 세우면 외로워진다.

이래저래 인간세상은 살기 어렵다. 살기 어려운 것이 심해지면 쉬운 데로 옮겨 살고 싶어진다.

어디로 가보아도 살기 어렵다고 깨달았을 때 시가 생겨나고 그림이 이루어진다."

일본 작가 나쯔메 소오세끼가 말한 대로 어떤 것을 해봐도 어렵다. 그래도 내게 편한 것은

예술이어서 이 길을 간다.

밖엔 비가 거칠게 내리고 있다. 지금 비내리는 도시 풍경사진을 찍고 싶다.

빌 브란트(Bill Brandt 1904~1985, 영국)는 일부러 비가 퍼붓는 날과 무거운 어둠이 내려앉거나

바람이 휘몰아치는 날을 택해 사진을 찍었다. 그래서 감정 전달이 강렬하다.

빌 브란트, 폭풍의 언덕, 1945

2년간 만 레이의 조수였던 그는 빠리에서 평생의 친구인 브라싸이(Brassaï)를 만난다.

브란트는 초현실주의가 휩쓸던 20세기초 빠리에서 화가 및 영화작가의 영향을 많이 받았다.

화가 달리와 공동 제작한 루이스 브뉘엘 감독의 「안달루씨아의 개」를 인상깊게 봤다고 한다.

3년 전에 나도 브뉘엘 감독의 「쎄브린느」와 「안달루씨아의 개」를 인상깊게 보았다.

면도날로 눈을 자르는 장면 등은 충격적이었다. 영화가 놀랍고 특이해서 브뉘엘 감독이 대단한

괴짜로 느껴졌다. 인간을 쓰레기와 동일하게 보는 그는 섬뜩한 유머로

자본주의제도 아래 은폐되고 억압된 인간 본성을 집요하게 들춰낸다.

브뉘엘 감독 같은 거장다운 힘을 브란트에게서도 본다. 로버트 프랭크는 브란트가 자신에게

영향을 주었다고 한다. 그만큼 브란트는 사진계에 강렬한 충격을 주었다. 1930년경부터

2차대전까지 10여년간 역사적으로 남을 귀중한 사진을 찍었다.

그는 1931년 영국 북부 탄광도시에서 사회현실 취재에 전념했다. 그후 영국의 명작과 관련 깊은

장면을 찍어 『문학적 영국』이란 사진집을 1951년에 출간했다. 여기에 실린 앞의 사진(99면)은

브론테의 『폭풍의 언덕』의 정경이다. 소설의 힘과 매력을 잘 살린 브란트의 대표작 중의 하나다.

사진 속에서 바람은 언덕을 밀어버릴 듯이 거세게 분다. 바람이 집을 흔들고 나의 마음을 흔든다.

그의 부모가 러시아인이어선지 어떤 사진이든 슬라브족의 신비적 심성이 어린다.

그러한 자신의 개성을 표현하기 위해 초광각렌즈의 초현실적 시각을 택한다.

"카메라는 인간의 눈보다 사물을 잘 본다. 그것을 이용하지 않으면 안된다"고 말했듯

그는 광각렌즈로 앵글을 낮게 맞추어 공포와 불안의 심리를 잘 잡아낸다.

고독과 우수가 작품 구석구석에서 느껴진다.

다음 사진을 보면 바닷가 자갈밭 위에 거대한 귀가 누워 있다. 대담무쌍한 클로즈업의 과장된
심층심리의 표현법이다. 영화 「블루벨벳」에서 잘린 귀의 원형을 보는 것 같다.

시인이자 화가 장 꼭또의 짧은 시가 생각난다.

"내 귀는 소라껍질 / 바다소리를 그리워한다." 이 시를 글짓기수업 첫시간이면
아이들에게 늘 외우게 했다. 장 꼭또를 '장독대'라 장난치는 녀석도 있었지만 자꾸 읊을수록
귀엽고 비틀즈의 노래를 듣는 것처럼 즐겁다. 그러나 그의 사진은 엄숙하고
보이지 않는 어두운 신비를 펼쳐낸다.

또하나의 사진은 20세기 위대한 화가 프랜씨스 베이컨이다. 저녁 무렵의 스산하고 어두운 정경이
베이컨의 내면과 잘 어울린다. 베이컨의 그림은 너무나 강렬해서 외면하기가 힘들다. 언젠가
「프랜씨스 베이컨에게 — 자화상에서」란 시를 나는 이렇게 썼다.

> 나는 네가 싫어 / 너의 침묵하는 비명의 얼굴이 싫어 / 네 몸은 비명으로 꽉찬 가스통이야 /
> 네 방은 너의 고통을 돌리는 세탁기고 / 언제나 쉬웠어 단단한 것이 작살나는 것은 /
> 너무나 금세였어 네 몸이 찢어지는 것은 / … / 끈덕진 폭풍에 갇힌 네가 나는 싫어 /
> 도무지 외면할 수가 없어 / 오늘밤 내 몸도 뜨거운 눈보라고 / 이웃집 창틀에선 구두며 외투
> 속옷까지 / 거리로 뛰쳐나와 외로이 몸부림치기 때문이야 / 사람들이 어둠속을 절규하며
> 사라지기 때문이야

사람들이 사라져가는 소식을 듣는 건 참으로 괴롭다. 그러나 어쩌겠는가.

빌 브란트, 누드 투시도, 1957

빌 브란트, 프랜씨스 베이컨, 1963

베이컨은 피투성이로 침묵으로 절규하는 인간의 형상을 보였다. 그는 자신의 그림을 "즐거운 절망"이라 불렀다. 건강한 내일을 위해서 때로는 절망도 즐겁게, 인생의 발길도 우유에 콘플레이크 말아먹듯 고소하고 가쁜하게 할 수밖에 없다.

손이 말한다니까

랠프 깁슨(Ralph Gibson 1939~ , 미국)은 상투적인 삶의 일상성에서
낯설고 신비함을 캐내는 뛰어난 감각을 지녔다.
그의 사진에 종종 손이 감정을 전하는 이미지로 나타난다.
그의 셀프사진과 다른 한 장의 사진을 봐도 손이 말을 하는 것 같다.

　　엄지손가락은 식료품 장수의 아들 같고
　　집게손가락은 마르고 무뚝뚝한
　　대학 천문학자 스타 오우버 블루 같고
　　가운데 놈은 나와 아는 사이인 키 큰 목사 같고
　　여성적인 네번째 것은 늙은 바람둥이 여자 같고
　　분홍색 새끼손가락은 그녀의 스커트에 달라 붙어 있다

나보코프의 소설에 나오는 손에 대한 묘사 부분이다. 재미있고 기발하다.
랠프 깁슨의 사진을 보자. 베르톨루치 영화 「1900년」에 나오는, 창백한 대리석의 미로 알려진

랠프 깁슨, 『몽유병자』(1968)에서

랠프 깁슨, 『몽유병자』(1968)에서

도미니끄 싼다와 닮은 여자가 무척 아름답다. 바람에 날리는 검은 머리칼. 바람에 날리는 마음.

바람이 가득 찬 옷. 바람을 맞으며 따뜻한 누군가에게 가까이 다가가고 싶다.

헤어지기 싫은 손, 만지고 싶은 손, 그리워하는 손, 기다리는 손, 화장실 가고 싶은 손,

『플레이보이』지를 넘길 손, 영화 「잉글리쉬 페이션트」를 보고 아파하는 손,

움켜잡는 손, 재회하는 손…… 등등 여러 표정의 손이 있을 것이다. 깁슨의 사진에 나오는 손은

어떤 표정일까? 강렬한 흑백 대비로 긴장미를 끌어내고 초현실적인 생명력으로 충만하다. 깊은

무의식에서 건진 이미지가 예리한 송곳으로 찌르는 충격을 준다.

사선 이미지가 역동성을 부여한다.

옆의 사진은 열린 문을 통해 쏟아지는 빛이 몹시 푸르고 따뜻하다. 빛이 해맑은 육체로 다가온다.

살짝 열린 문에서 까만 손이 공중을 날아가는 물고기처럼 나를 유혹한다.

손 그림자와 가녀린 손이 어딘가 괴기스럽고 에로틱하다. 그 손을 따라가면 뭔가 있을 것만 같다.

예술은 삶의 비밀을 발견하고 간직한다. 새로울 것 없는 삶에, 가장 구체적이고 일상적인 사물에

경이로움과 존재의 가치를 부여한다. '어때, 삶이 얼마나 매력적인가 보라구' 한다.

저 손과 빛만큼이나 삶이 신비롭게 열리지 않으면 안된다. 왜냐하면 우리는 삶의 환희와

희망에 굶주렸기 때문이다. 지치고 시들고 상투적인 것은 이제 지겹다.

"대부분의 상처는 상투적인 것에서 온다"는 롤랑 바르뜨의 싱싱한 상추 같은 말을 곱씹어본다.

정말 상투적인 건 지루하다.

깁슨의 사진은 심플하고 간소한 구성으로 힘의 집중을 이룬다. 그의 사진처럼 삶이 심플해지면

내부의 힘은 강해진다. 방에다 소로우의 『월든』의 한 대목을 써서 붙였다.

"가장 현명한 사람은 항상 가난한 사람보다 더 간소하고 결핍된 생활을 해왔다."

살아 있는 시간을 선물로 여기고 간소한 생활, 부유한 내적 삶을 꿈꾸면

저 열린 문으로 쏟아지는 빛만큼이나 환한 생명력이 느껴진다. 어떤 힘든 상황에 부딪쳐도

"좋아 좋다구, 한번 붙어보지 뭐." 이런 배짱이 생긴다.

재산은 뜨겁고 아름답게 살려는 열정만으로 충분할 때가 있다.

비밀을 간직한 자는 자유롭다

듀안 마이클, 제리 율스만

잃어버린 낙원을 찾기 위하여

빵집과 서점만큼 기분좋은 가게도 없다.

빵과 책, 둘 다 근사한 식사고 종착지는 몸과 마음이다. 둘 다 손으로 집으면
연인의 손을 만지듯 정다운 떨림이 느껴지곤 한다.

서점에 가면 나의 성장을 도운 책들은 거의 스테디쎌러로 누워 있다. 그 많은 책 중
까뮈의 스승 장 그르니에가 쓴 『섬』이 있다. 삭막한 이 시대에 시체안치소에나 있을 경외감,
영혼이란 단어가 먼지를 털며 가슴속에 들어앉는다. 특히 그의 여러 책 중 『섬』에
내가 좋아하는 구절이 있다.

"혼자서, 아무것도 가진 것 없이, 낯선 도시에 도착하는 공상을 몇번씩이나 해보았다.
그리하여 나는 겸허하게, 아니 남루하게 살아보았으면 싶다. … 고독한 삶이 아니라
비밀스러운 삶 말이다."

그는 비밀이 온 사물을 아름답게 만든다고 예찬하고, 비밀이 없으면 행복도 없다고 말한다.
부들부들한 두부를 만질 때, 시원한 맥주를 마실 때 세상에 이런 것이 다 있다니 새삼 놀라는
마음. 불안과 공포감 등 사람의 내면세계는 참으로 비밀스럽고 신비하다. "잃어버린 낙원을 다시
찾는다면 그것은 자기 자신의 내부세계밖에 없다"라고 프루스뜨가 말했듯이 우리의 내면은
선과 악, 불안과 희망의 전쟁터지만 아름다운 낙원이기도 하다.

1960년대 미국에는 이런 내면세계를 다양하게 탐구하는 사진가들이 있다.

듀안 마이클, 제리 율스만, 레이 메츠커, 로버트 하이네켄, 레스 크림스, 루카스 싸마라스 등은
현실을 그대로 찍는 사진보다 비밀스런 상상력에 의지해 이미지 세계를 펼쳐간다.

그들 중 듀안 마이클과 제리 율스만은 80년대초까지 왕성한 활약과 영향력을 보인다.

비밀을 사랑하고 시간을 탐구하는 사진가

담배연기는 실크스카프처럼 내게 미끄러져온다. 얼굴을 덮고 천천히 목을 졸라온다.

그래서 술자리는 기쁘지만 담배연기는 두렵다. 하지만 이상하게 담배 타는 모습은 매력있다.

손가락 사이에 혹은 입가에 피어오르는 연기는 흰구름 같다. 그 어떤 아득함. 덧없음,

찰나의 현기증, 사라져버리고 싶은 충동이 인다. 지나간 시간과 기억을 부른다. 이내

지워짐으로써 연기는 상처와 따뜻한 죽음의 냄새를 남긴다.

옆의 사진에서 보듯이 남자의 입가에 머금은 연기가 인상적이다. 보통 알려진 듀안 마이클(Duane

Michals 1932~   , 미국)의 작품과는 다르다. 느낌이 부드러워서 강한 사진이다.

그는 상투성을 견디지 못하는 모험가다. 끊임없이 회의하고 묻는다.

'내가 어떻게 죽을 수 있단 말인가' —— 이런 소제목을 가진 「사후 영혼의 여행」 등의 연속사진은

섬세하고 탁월한 연출과 카메라 기술로 만든 한편의 드라마다.

사진 「복락원」의 다섯번째 씨퀀스를 보자. 작위적인 것 같지만 사진과 사진 사이에

관객의 상상력과 시간감각을 끌어낸다. 마지막 씨퀀스는 가구마저 사라진 자리에

크고 푸른 화초가 있다. 어떤 이는 벗은 남녀에 시선을 두고 빙긋이 웃는다. 본능이 이끄는 대로

야한 상상을 할지 모른다. 나는 벗은 남녀보다, 섹시한 마릴린 먼로보다 나무가 더

야하게 느껴진다. 왜냐하면 그건 내 마음이니까. 나무만 보면 식욕과 성욕을 느끼듯 나도 즐겁다.

피는 꽃에 기뻐하고 크는 나무에 감사하라. 부활의 냄새가 나는 나무의 푸른 색은

듀안 마이클, 앙리 조르쥬 끌루조

듀안 마이클, 복락원(다섯번째 씨퀀스)

언제나 눈부시다. 이 사진은 영원히 반복되는 삶과 다시 찾아야 할 낙원이란 의미로

다가온다. 그밖의 작품들도 사진과 이야기가 만나고 사진에 글씨쓰기와 회화를 결합시켜 풍부한

의미를 드러낸다. 그는 "우리 자신은 우리가 한평생 끝까지 갈 수도, 볼 수도 없는 진행중인

작품"이라고 말한다. 그리고 "실수를 사랑하고, 작업중에 인간의 따뜻한 체취를 사랑해"선지

남녀의 진지하고 유머스런 성애 표현이 많다.

그의 특이함은 비밀을 사랑하는 데서 오는 것 같다. 비밀을 간직한 자는 자유롭다.

듀안 마이클의 사진을 보면 안목이 자유롭다.

힘든 현실 속에서 사진을 보며 자유롭기 위해 나는 꿈꾼다. 방바닥에서 노란 민들레가

우아하게 자라나는 따뜻한 몽상을.

초현실주의적 이미지의 위력

"꽃이 왜 아름다운지 아는가? 한결같은 마음으로 피어나기 때문이다."

한결같은 마음을 가진 게 뭐가 또 있나? 해와 달과 숲…… 아, 충치 같은 인간들만 빼버리자.

배반한 연인, 권력을 남용한 정치가, 악덕 기업주, 환경을 망치는 족속들은 어떻게 할까?

조선시대 곤장제도를 부활시켜 엉덩이 백대쯤 때려주는 걸 중계방송하면 정신을 차릴까?

사람과 사람 사이 한결같은 마음이 있으려면 존경과 신뢰감이 바탕에 깔려야 한다.

따르꼬프스끼의 영화 「향수」를 보면 "우리 시대의 불행은 위대한 사람이 존재하지 않는 것"이란

대사가 나온다. 배운 것 없고 아무리 가난해도 겸손하고 의롭고 사람냄새 나는 사람,

그것이 진실로 위대함 아닌가? 우리에게 참으로 필요한 것은 무엇인가?

 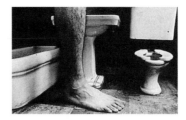 

듀안 마이클, 이상한 사물들, 1972

그것은 분명 부와 권력과 안락이 아니다.

앞서 얘기한 쟝 그르니에의 『섬』의 한 구절. "겸허하게, 아니 남루하게 살아보았으면 싶었다"의

'겸허하고 남루하게'란 말은 왜 이렇게 향기로운가. 황금주의가 팽배한 이 시대에

너무나 그리운 말이다.

생각 많은 나의 심경을 대변해주듯 제리 율스만(Jerry Uelsmann 1934~ , 미국)의 사진이

전율스럽게 타오른다. 그 스스로 '다중인화기법'(암실에서 여러 대의 확대기에 의한 몽따주

기법)으로 상상력의 위력과 신비함을 실감나게 표출한다. 다음 사진에서 보듯이

급박하게 돌아가는 세계가 불타는 책상으로, 폭력 앞에 무방비상태인 자연이 배경으로 다가온다.

인간은 사라지고 불탄 자리만 남는 게 삶이런가. 왠지 쓸쓸해진다.

나도 참 열광하고 많은 이들이 좋아하는 르네 마그리뜨의 그림을 볼 때와 같은 감명을 받는다.

초현실주의의 막강한 힘이 느껴진다.

「끝없는 항해」란 작품에서 '끝없는'이란 말은 참 아프다. 기다려도 오지 않는 사람의

그림자를 보여주는 것 같다. 베케트의 '고도'가 생각나고 까뮈의 '씨지프스 신화'가 떠오른다.

그의 다중인화기법은 그 당시 신선한 고도의 테크닉이었다.

프루스뜨가 말한 것처럼 내부세계는 지금 우리가 찾아야 할 낙원이다. 인간의 내부세계는

삶의 깊이와 통한다. 행복의 본질도 여기에 있다.

그 많은 시인 중에 내면세계가 깊고 어둡고 치열했던 기형도가 생각난다.

그로테스크하나 아름다웠던 기형도의 시가.

그는 스물아홉에 요절했으나 그의 시는 영원히 독자 곁에 머물 것이다.

제리 율스만, 1989

제리 율스만, 끝없는 항해, 1971

그는 어디로 갔을까

너희 흘러가버린 기쁨이여

한때 내 육체를 사용했던 이별들이여

찾지 말라, 나는 곧 무너질 것들만 그리워했다

이제 해가 지고 길 위의 기억은 흐려졌으니

공중엔 희고 둥그런 자국만 뚜렷하다

물들은 소리없이 흐르다 굳고

어디선가 굶주린 구름들은 몰려왔다

나무들은 그리고 황폐한 내부를 숨기기 위해

크고 넓은 이파리들을 가득 피워냈다

나는 어디로 가는 것일까, 돌아갈 수조차 없이

이제는 너무 멀리 떠내려온 이 길

…

어둠속에서 중얼거린다

나를 찾지 말라……

무책임한 탄식들이여

길 위에서 일생을 그르치고 있는 희망이여

　　　　　　　　　　　　—기형도 「길 위에서 중얼거리다」

아무튼 찡한 것, 결정적 순간들

앙리 까르띠에 브레쏭, 로버트 카파, 앙드레 케르테츠

아, 사랑하는 거구나

앙리 까르띠에 브레쏭(Henri Cartier Bresson 1908~ , 프랑스)의 멋진 사진을 보고 있다.

물웅덩이를 펄쩍 뛰어넘는 사람. 바닥에 닿기 전 찰나의 아름다움. 탁월한 우연의 포착.

아, 탄성이 절로 나온다.

고난의 웅덩이도 저렇게 상큼하게 뛰어넘을 수 있다면 얼마나 좋을까. 이는 사진예술의

백미가 아닌가 싶다. 그의 라이브 포토는 삶의 역동성을 표출하여 우리로 하여금 생의 활기를

띠게 해준다. 또 한 장의 사진도 그렇다. 나는 이게 뭔가 하고 한참 들여다봤다.

아, 사랑하는 거구나. 한 남자의 몸에 여자의 몸이 포개져 있다. 엎치락 뒤치락, 침대 위의

남자선수 여자선수 너무 힘들 것 같아 떼어놓고 싶어진다. 좀 쉬었다 하라고 냉수와 간식도

갖다주고 싶다. 절정의 순간을 찍은 브레쏭도 수전증 환자처럼 떨렸나 보다.

사진도 떨린 채로 아른아른 신비하게 남는다. 이 불선명함은 의도적인 기법이리라.

조르쥬 바따이유의 『에로티씨즘』에 따르면 "육체는 그 동물성 때문에 시적이고 신적일 수 있다."

무조건적인 성행위와 에로티씨즘은 다르다. 에로티씨즘, 즉 사랑하려는 육체의 포옹은 끊임없이

다시 태어나려는 행위다. 그것은 삶의 확장이고 화합하려는 춤이다.

이 사진처럼 진하게 포개진 에로티씨즘은 아름답다.

그래, 따뜻이 포개져 있는 것은 얼마나 눈물겨운가. 조용필이 찡하게 부르듯이 그늠의 정이란 것,

눈 내린 들판, 치렁대며 꽃피는 산, 신뢰 깊은 악수, 포옹, 키스, 아무튼 찡한 것들……

세상의 뒤틀리고 어긋난 것들이 진실로 포개진다면 얼마나 기쁠까.

남한과 북한도 따뜻하게 포개질 수 있다면.

앙리 까르띠에 브레쏭, 쌩 라자르역 뒤, 1932

앙리 까르띠에 브레쏭, 멕시코, 1934

불 끄고

옷 벗고

우리 내외 알몸으로 일어서서

살이란 살 다 내리도록

껴안은 뼈 두 자루!

분단 휴전선의 밤 밝힌 뼈 두 자루!

남북한이 부부처럼 따뜻이 포개질 통일. 그 뜨거운 갈망을 노래한 고은의 시

「사랑」처럼 그 결정적 순간을 맞을 수 있다면.

브레쏭은 사진작업중 '결정적 순간'의 중요성을 깨닫고 그것을 기초로

영상의 완전함에 정열을 쏟았다. 사진집 제목도 『결정적 순간』이다. 그 책의 후기에

자신의 예술관과 방법론을 뛰어나게 기술해서 후대 사진가들에게 큰 영향을 주었다.

친구인 로버트 카파(Robert Capa 1913~1954, 헝가리)는 극적인 전쟁을 테마로 사진을 찍었는데,

인도차이나 전쟁 촬영중 지뢰를 밟아 사망했다. 카파의 대표작인 「병사의 죽음」은

부조리한 죽음의 대표적 표현이다. 신뢰와 사랑을 다해 용감하게 전쟁사진을 찍던 카파와는 달리

브레쏭은 일상적 삶의 결정적 순간을 포착했다. 예리한 통찰력을 보여준 브레쏭의 사진에는

소박하고 낙관적인 역사의 표정이 있다.

참으로 그의 사진은 따뜻하다. 따뜻함은 사랑의 다른 이름이다.

로버트 카파, 병사의 죽음, 1936

가정에도 나라에도 나 자신에게도 위기와 절망은 있을 수 있다.
그러나 그것을 이길 수 있게 마음만은 따뜻해야 한다. 따뜻하기 위해 모두가 겸허하고
진솔해져야 한다. 진솔하고 따뜻한 황지우의 연작시집 『나는 너다』에서 시 한 편을
당신들께 띄운다.

영덕으로 가는 길목에서 짧게 엽서를 띄우오. / … / 세상에서 가장 가련한 나라 이 나라
슬픔을 횡단하여 오늘, / 나, 무너지는 동해 앞에 섰오. 폭우의 예감을 잔뜩 진 바다 위로 내리는
잿빛 빛의 우산, 소형 선박들이 / 급히 돌아오고 이곳에도 젖은 삶이 있다는 것을, /
고된 그날 그날과 아파하는 우리나라 사람이 있다는 것을

부끄럽고 춥기 때문에

바이올린은 벌거숭이입니다. 어깨가 말라 볼품이 없습니다. 숨기고 싶은데 도리가 없습니다.
부끄러움과 추위 때문에 울고 있습니다. 그런 까닭에. 틀림없습니다. 음악의 평자들이 말하는
것처럼 더 아름답게 되기 위해서라구요. 그것은 엉터리.

즈피그니페 헤르베르트가 쓴 「바이올린」. 참 이쁜 시다. 위의 시는 바이올린을 의인화해
폼잡는 삶에 가려진 진실을 드러낸다. 죽을 때까지 여러 시도와 실험을 계속하며
현대사진의 스타일을 개척한 앙드레 케르테즈(André Kertész 1894~1985, 헝가리).

앙드레 케즈테츠, 변형 40, 1933

앙드레 케르테츠, 떠돌이 바이올리니스트, 1921

그의 사진 「변형 40」을 보면 광각렌즈로 찍어 일그러진 여인의 나신이 출렁거린다.

여인이 물속의 바이올린 같다. 물에 푹 젖은 느낌이다. 헤르베르트의 시처럼

울고 있는 듯하다.

또다른 사진 「떠돌이 바이올리니스트」는 화면구성의 치밀함, 우수에 찬 분위기로

잔잔한 울림을 준다. 이 울림은 그의 뛰어난 직관과 재능에서 오는 것만도 아니다.

그것은 고유의 특성을 정확히 파악할 수 있도록 거리를 두고 바라보는 태도에서 온다.

또한 과장없는 정직한 마음에서 온다.

예술은 곧 비유라 할 만큼 정확한 비유는 사람의 마음을 움직인다.

비유, 즉 은유나 상징을 쓰면 평범하고 일상적인 말도 멋지게 변화한다.

영화 「일 뽀스띠노」에서 "시는 은유다. 은유는 말하고자 하는 것을 다른 것과 비교하는 거야.

'비가 온다를 하늘이 운다' "라고 시인 네루다가 은유의 중요성을 얘기했다.

우리 삶에서 자신의 표현이 정확하게 전달되지 못할 때 고통스럽다.

그만큼 정확한 표현은 생명을 지닌다.

아무튼 찡한 것, 결정적 표현은 타인의 마음을 움직인다.

빠리 여행

로베르 드와노, 브라싸이

빠리에서의 충격

그토록 꿈꾼 유럽여행의 첫 도착지인 프랑스 빠리를 향해 비행기는 날았다.

빠리는 가랑비에 젖고 있었다. 샤를르 드골 공항의 활주로를 향해 착륙준비중이었다.

그런데 이게 웬일인가. 활주로 옆 들판에 이상한 물체가 날쌔게 뛰어다녔다.

"와 토끼다!"

들판에 수십마리의 야생토끼들이 뛰어다녔다. 여기저기 토끼굴이 파여 있고 비에 젖은 풀들은 새파랬다. 너무나 신나는 광경이었다. 아, 프랑스에선 이렇게 많은 야생토끼를 키우는구나. 이토록 환경에 힘쓰는구나. 그 신선한 충격은 지금도 잊을 수가 없다.

그러나 후에 가이드한테 들은 얘긴데 드골 공항의 토끼는 프랑스의 큰 고민이라는 것이다. 토끼를 없애려고 독약을 놓아도 먹지 않고 번식은 점점 심하다고 한다.

프랑스인들의 고민인 토끼가 나에겐 너무 귀엽고 상큼한 매력덩어리였다.

나는 속으로 속삭였다. "토끼야, 활주로에만 뛰어들지 말라구. 비행기 사고 나니까. 들판은 원래 너희도 주인이었으니까. 실컷 뛰어놀라구. 후후." 2박 3일간 빠리에 머무는 동안 베르싸유 궁전과 몽마르트 언덕과 그 무엇보다도 토끼의 모습이 더 인상깊었다.

바로끄의 대표적 양식이고 '짐이 곧 국가'라고 한 루이 14세가 지은 베르싸유 궁전은 그 화려무쌍함이 이내 지겨움으로 바뀌었다. 나는 이상하게 우리의 초가집, 기와집이 그리웠다. 루이 14세가 쓴 호화스런 유리그릇을 보고 나서 조선시대의 분청사기와 백자가 참 뛰어난 작품이란 것을 알았다. 유럽여행을 하면서 크게 깨달은 것은 우리 문화유산의 우수성이었다.

그러나 그 귀중함을 크게 깨닫지 못하는 우리의 현실이 안타까웠다.

프랑스는 계속 문화유산을 가꾸고 다듬어 엄청난 관광수입을 올린다.

빠리의 현재 모습은 이미 200년 전에 계획되었다. 정부의 규제로 빨래를 베란다에 너는 등

개인이 도시 미관을 해치는 일은 없다고 한다. 예술문화를 사랑하는 프랑스인 앞에 숙연해진다.

시간상 뽕삐두미술관에 못 가서 무척 아쉬웠다. 그나마 오르쎄미술관에서 고흐의 그림을

직접 본 일은 큰 수확이었다. 실제의 그림은 화집에서 보는 것보다 훨씬 좋았다. 표현의

격렬함으로 인해 실제 색감은 뜰지 모른다고 생각했는데 고흐는 정말 깊이있게

색깔을 잘 쓰는 천재였다.

프랑스 국민이 제일 사랑하는 화가가 자국의 쎄잔느도 아닌 고흐란다.

고흐 탄생 100주년 기념전시회 때 떼제베를 타고 200만명이 네덜란드로 이동할 정도라니……

그 놀라운 선진 문화정신이 부럽다.

빠리인들은 로베르 드와노를 존경했다

빠리의 거리를 걸을 때 이브 몽땅이 부른 「고엽(枯葉)」이 생각났다.

인생은 사랑하던 사람들을 / 어느샌가 소리도 없이 / 갈라놓아버리고 /

바다는 헤어진 사람들의 발자국을 지워버리네 / 고엽은 삽에 그러담기는데 /

추억도 후회도 그러담기는데 / 그러나 말 없고 변함없는 내 사랑은 /

언제나 웃으며 삶에 감사하네 / 내 그대를 얼마나 사랑했던가

「고엽」을 지은 프레베르는 참 많은 사람들이 사랑한다. 지금 만날 사진작가

로베르 드와노(Robert Doisneau 1912~ , 프랑스)는 프레베르와 절친한 친구다.

서로 닮은 사람끼리 친해선지 그의 사진도 불 땐 아랫목처럼 따뜻하고 오렌지처럼 향긋하다.

천진스럽고 순수하다. 1920년대에 석판화가 자격증을 위해 교육을 받았고, 30년대에는 잠시

공업사진가와 보도기자로도 일했다.

그에게 사진이란 함께했던 사람들을 위한 행복의 순간들이다. 당시 그는 석판조각가로서

레지스땅스 운동하는 사람을 위해 통행증을 만들어주기도 했다. 그는 자연스런 빠리의 유머와

거짓없는 인간의 모습을 연출 없이 훌륭하게 묘사했다. 프레베르가 건네는 일화가 있다.

트럭이 양떼를 치었을 때 그는 그 장면을 찍지 않고 목동을 위로했다고 한다.

"무엇이건 닥치는 대로 이용하지는 말아야 합니다. 뚫고 들어가서는 안될 은밀한 영역이

있다고 믿습니다"라고 말했단다. 드와노는 자신이 찍은 사진을 절대 보지 않는다고 한다.

그것은 아마 흘러간 시간이 현기증을 주기 때문일 것이다.

빠리인들은 그를 존경했다. 그의 모델이 되길 원했고 그것을 영광으로 여겼다고 한다.

사진 「키스」는 어디서나 자주 눈에 띌 만큼 유명한 작품이다. 또다른 사진을 보면,

한 여성과 동행한 남편쯤으로 뵈는 엉큼한 사내가 한눈을 팔고 있다. 한눈 파는 사내는 얄밉지만

그런 사람의 본성은 이해한다. 한눈 파는 연인은 악성종양에 걸릴 것이다,

이렇게 내가 사진 속의 사내에게 속삭이자 한눈 팔던 그가 연인에게 돌아간다.

이렇게 만사형통이면 좋으련만.

실속없이 한눈을 팔면 삶이 거품으로 가득 차게 마련이다.

로베르 드와노, 키스, 1950

로베르 드와노, 로미화랑의 진열장 속에 있는 바그너의 그림, 1948

우리나라의 현재 모습이 그렇다. 쓰레기로 버려질, 포장만 요란한 꽃다발을 보자.

거리의 외제 자동차 행렬은 어떤가. 우리는 세계화를 서구화로 잘못 생각하는 건 아닐까.

우리 것에 대한 뿌리깊은 사랑 없이 진정한 세계화는 없다. 시내 어딜 들여다봐도

건물부터 옷차림까지 우리 냄새가 태부족이다. 이것은 우리의 관광산업이 추락하는

가장 큰 이유일 것이다. 지자제 실시 이후 마구잡이 개발이 가속화되어 도시 모양새가

우습게 바뀌고 환경파괴도 날로 심각하다. 최근 소양강 보조댐인 인제댐 건설로

수몰 위기에 내몰린 주민들의 농성소식을 들었다. 앞이 캄캄해진다.

지난 4월 나는 내린천에 갔었다. 이렇게 푸르고 아름다운 땅이 있다는 사실에 놀랐다.

유적이 널린 이딸리아의 산과 들이 부럽지 않았다. 나라를 이끄는 자들이여,

당신들의 근시안적 안목이 한국의 미래를 망친다.

유럽을 돌면서 우리 문화유산에 대한 애착심이 더 커졌다. 여행은 스스로 강해지기 위한 것이다.

특히 외국여행은 자신과 조국을 돌아보는 소중한 기회다.

브라싸이, 밤의 빠리

여인들은 준비되었다. 유곽을 찾은 사내가 욕망의 대상을 고르고 있다. 마치 창부들은

'반액 쎄일이에요. 잘만 해주신다면 제 몸 공짜로 드리겠어요' 하듯 죽 늘어섰다.

입에 거품을 문(내 마음에 그렇게 보인다) 사내의 약간 맛이 간 눈은 폭력적으로 보인다.

실오라기 하나 걸치지 않은 모습이 언젠가 먹다 만 감자탕 속의 돼지갈비처럼 슬프다.

생생한 현실감이 왠지 우스꽝스러우면서 서럽다. 그리고 잔혹하고 쇼킹하다.

브라싸이(Brassaï 1899~1984, 헝가리)가 찍은 사진 한 장은 남녀불평등 문제,

가장 후미진 곳의 애환을 실감있게 표현했다.

남자들도 알몸으로 서 있는 세상은 어떨까 상상해본다.

밤의 축제 분위기 배면에 깔린 서글픈 기운은 시대를 넘어 인간 존재의 애수가 깃들인다.

화가, 조각가, 소설가, 시인으로서 다재다능한 브라싸이는 앙드레 키르테츠의 도움으로

사진계에 데뷔했다. 생활이 어려워도 밤의 빠리에 매혹되어 몽마르트르 주변 밤풍경을

반년간 매일 촬영했다. 그것으로 만든 사진집이 그 유명한 『밤의 빠리』(1933)다.

그는 사창가, 암흑가 사람들에게도 강한 공감을 줘서 신뢰를 얻었다고 한다.

헨리 밀러의 소설을 영화로 만든 「북회귀선」에 브라싸이가 빠리의 밤, 거리의 창부를 찍는 장면이

짧게 나온다. 마띠스, 삐까소, 프레베르 등과 교류를 가진 브라싸이는 빠리인들보다

빠리를 더 잘 읽고 사랑했다. 프레베르의 인상깊은 「밤의 빠리」란 시가 생각난다.

어둠속에 하나씩 불붙이는 세 개비 성냥

첫 개비는 너의 얼굴을 모두 보려고

두번째 개비는 너의 두 눈을 보려고

마지막 개비는 너의 입을 보려고

그리고 송두리째 어둠은

너를 내 품에 안고 그 모두를 기억하려고

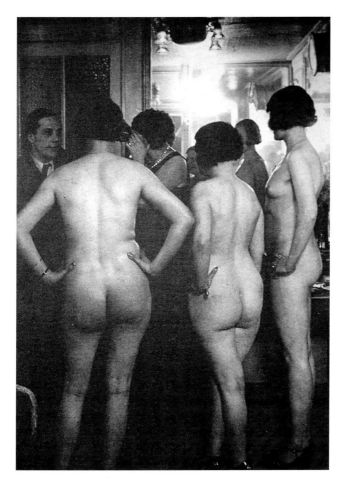

브라싸이, 사창가, 1932

브라싸이, 댄스 홀, 1932

나는 이 시를 다 외운다. 당신들도 외워보시라. 어떤 분은 벌써 방 불을 다 끄고
세 개비 성냥마저 다 꺼지면 애인을 품에 안을 것이다. 그리고 "너를 내 품에 안고
그 모두를 기억하려고" 이 마지막 대목을 마저 속삭인다. 한번 시도해보시라.
무드 없는 사람은 징그럽게 왜 그러느냐고 핀잔 줄지도 모른다. 그러나 대부분 즐거워할 것이다.
청소년들은 '너'를 어머니나 아버지로 바꿔 부모님 앞에서 읊고 껴안아드리면
분명 용돈을 덤으로 받을 수도 있으리라.
삶의 모두를 기억하기 위해 시를 쓰고 사진을 찍고 영화를 만드는지 모른다.
세상과 애인과 자식을 품에 안으려고 살아 있는지도 모르고. 다만 품에 있을 때 확실하게 안고
즐거워하라. 행복이란 내 품에 있다고 마음놓자마자 사라지는 경향이 있으니까.

　당신을 위해 / 나는 소가 되고 / 말이 될래 / 하루종일 죽은 듯이 / 엎드려 있을래 /

　그럼 당신은 / 나를 끌고 / 나를 타고 / 펄쩍펄쩍 뛰는 기쁨의 나라로 가겠지 /

　이 나라는 슬프고 더러우니까 / … / 빛덩이만 고여 있는 / 당신의 고향이 될래

이승훈의 시 「당신을 위해」처럼 내가 소와 말이 되고 고향이 되어주는 따뜻한 마음속에
행복은 머물리라. 당신을 위하는 순수한 품속에.

마음껏 날아보렴

만 레이

우리는 살면서 생활의 많은 속박으로 괴로워한다. 끝없이 자유를 갈망하고 자유를 외친다.

만 레이(Man Ray 1890~1976, 미국)의 사진 속의 입, 하늘에 떠 있는 아름답고 거대한

입이 제일 먼저 던질 말도 자유가 아닐까 싶다.

하늘을 나는 입술처럼 상상력의 날개는 국경이 없다. 인쇄물 사진에 그려넣은 사랑스런 입술이

나를 통쾌한 자유와 해방감으로 이끈다. 저 큰 입술더러 '너를 안고 싶어'라고 말하면

입술은 나를 안고 두루미처럼 퍼득이며 날아가줄 것 같다.

만 레이가 "나에게 최근 작품이란 건 없다"며 제작연도를 표시하는 걸 싫어한 것도

자유의 갈망 때문일 것이다. '예술은 곧 상상력'이라 했을 때 상상력의 근본도 자유가 아니던가.

그와 동시대를 호흡하며 초현실주의 운동에 가담했던 뽈 엘뤼아르의 시 「자유」를 적어보자.

나의 공책들 위에 / 나의 책상 그리고 나무들 위에 / 모래 위에 눈 위에 /

나는 너의 이름을 쓴다 // … // 잠에서 깨어난 오솔길들 위에 / 사방으로 펼쳐진 큰 길들 위에 /

북적거리는 광장들 위에 / 나는 너의 이름을 쓴다 / 불 켜진 램프 위에 / 불 꺼진 램프 위에 /

한데 모인 내 식구들 위에 / 나는 너의 이름을 쓴다 // … // 욕심을 벗어난 방심 그 위에 /

거짓 없는 고독 그 위에 / 죽음으로 가는 발걸음들 위에 / 나는 너의 이름을 쓴다 //

되찾은 건강 위에 / 사라진 위험 위에 / 기억에서 사라질 희망 위에 / 나는 너의 이름을 쓴다 //

한 마디 말의 힘으로 / 나는 나의 삶을 다시 시작한다 / 나는 너를 알기 위해 태어났다 /

또한 너를 부르기 위해 // 자유여.

만 레이, 무제, 1936

만 레이, 무제, 1936

만 레이는 미국 초현실주의의 선구자이며 화가, 사진가, 회상록 작가, 오브제 작가,

영화감독 등 탁월한 전방위 예술가다. 1915년 뒤샹, 삐까비아 등과 다다운동에 참여했고,

1924년 초현실주의 그룹에 가담하여 활동했다. 그의 사진집은 예술에 있어

귀중한 증언이 되고 있다. "사진으로 존재할 수 없을 때 나는 그림을 그린다. 그리고

그림 그리기를 원하지 않을 때 나는 사진작가다"라고 그가 말했다. 브르똥은 화가로서보다

사진가로서의 만 레이에게 더 큰 찬사를 보냈다.

만 레이는 사진에 대한 인식을 바꿔놓았다. 생활비를 벌기 위해 회화와 함께

사진작업을 했다. 빨래집게, 제도용 핀, 소금의 결정 등을 가지고 1921년 새 기법

레이요그램(rayograms: 카메라를 쓰지 않고 물체를 감광지에 눌러서 만드는 사진 표현)을 창안했다.

렌즈를 통하지 않고 직접 감광재료에 의해 새로운 빛의 세계를 창조했다.

그는 사진에 사물보다 사물의 인상을, 그보다 꿈을 더 담고자 했다.

그는 그 당시 사진가들이 상상 못한 클로즈업 수법을 사용한다. 그의 인물사진은

얼굴의 가장 예민한 부분에 충분한 명암을 주어 모델의 내면세계를 표현해낸다.

현상중에 노출시켜 강한 빛을 받은 윤곽을 반전하여 검은 선으로 변화시키는 방법인

쏠라리제이션(solarization)과 네거(nega)의 효과 등으로 초현실주의의 표현 확대에 많은

공헌을 했다. 이런 기법으로 만든 사진집 『만 레이』를 1935년에 발간했다.

상상력이 넘치는 작품은 관객의 상상력을 키우고 새로운 창조력을 갈망케 한다.

시인 윤동주는 백석 시의 영향으로 「별 헤는 밤」 같은 아름다운 시를 창조했다.

예술은 자유를 향해 비상하며 관객에게 자유를 돌려준다.

만 레이, 레이요그래프, 1923

만 레이, 쏠라리제이션 누드

만 레이처럼 내게 큰 자유를 건네준 알랜 파커 감독의 영화 「벽」이 생각난다.
이 영화로 인해 영국 최초의 언더그라운드 그룹 핑크 플로이드의 「벽」이 만들어졌다.
현대사회를 신랄하게 비판한 「언어더 브릭 인 더 월」. 초현실주의적인 이 곡은
리드기타의 연주 솜씨가 뛰어나 신비감이 어린다.

아기는 바다가 따뜻한 줄 알고 / 하늘은 푸른 줄로만 알았네 / … 기아에 허덕이는 이 세상 /
외면해버릴까요 / 방탕한 현실을 / 쾌락에 끝없이 탐닉하면서 / 기타나 칠까요 / … 싸움질
선도사업, 성병감염, 살인, 음주, 정신병, 학대 … 그러나 허전한 마음 채울 길 없네 /
당신은 또 하나의 벽일 뿐이지. / … 하나든 둘이든 / 진정 사랑이 있는 사람들 / 벽 바깥에서
서성거리네 / 손을 잡은 이들 / 무리를 지은 이들 / 마음 여린 사람과 예술가들은 /
나름대로 버텨간다네 / 그들이 모든 걸 다 준다 해도 / 비틀거리며 넘어지고 쉽지는 않다네 /
어리석은 사람들의 벽에 대항해 / 마음의 진실을 여미어가자

어떤가. 시적이지 않은가.
개성과 열정이 있다면 어떤 일에서든 자유롭게 앞서갈 수 있으리라.

달빛 아래서 존 발데싸리씨를 만났어요

존 발데싸리

어떤 꼬마는 '달을 먹은 개'를 그렸죠. 대만 영화 「로빙화」에서 주인공 꼬마의 그림이에요.

하늘이 깜깜해져서 북을 치니까 개가 달을 뱉어내서 다시 밝아졌대요. 그 달빛 아래서

존 발데싸리씨를 만났어요. 그를 만난 즐거움을 이야기하기 전에 시원한 물 좀 마실게요.

너무 더워 머리가 돌 것 같다. 34도! 덥군, 더워. 하도 덥다 보니 존대말 반말 섞어찌갭니다.

선풍기 날개도 더워서 돌고. 세상은 뜨거운 아황산가스를 날리며 돌아간다.

사람은 나름껏 고통을 이기는 방법을 터득해간다.

나는 삶이 고달프면 6 · 25를 생각하고 추우면 시베리아를 떠올린다.

대학시절 여름방학이면 팬티만 입고 목도리를 떴다.

이를 악물고 이열치열식으로 목도리를 짰다. 담장보다 튼튼히 헛바람 찬바람을 막아줄

내 목도리, 아버지 목도리, 아우의 목도리를 짰다. 그리고 미래의 애인에게 줄 목도리를 꿈꾸면

악마같이 뜨거운 시간은 잘도 갔다.

대학시절 더위를 이길 심사로 그렇게 열심히 뜬 안개빛 목도리를 그리워하며

존 발데싸리(John Baldessari 1931~ , 미국)씨를 만났다. 내 목도리를 닮은 발데싸리씨의 수염과

그의 얼굴에서 거장의 향기를 맡는다. 무척 유머를 즐기는 그를 두고 미술계에선

농담과 우스갯소리의 보물창고라 한다.

그의 사진집은 숙면 후의 아침처럼 상쾌하다. 위트 있고 비밀스럽고 실험성으로 가득하다.

그의 세계는 위대한 화가, 사진가를 꿈꾸는 이들에게 수많은 영감과 자극을 줄 것이다.

기상천외한 구성, 폭력과 유머가 들끓던 「펄프픽션」처럼 끝내준다는 표현을 쓰고 싶다.

척 베리의 「유 네버 캔 텔」에 따라 춤추던 존 트라볼타와 우마 서먼.

존 발데싸리의 초상

존 발데싸리, 피묻은 썬데아이스크림, 1987

두고 두고 잊지 못할 그들의 춤처럼 발데싸리 사진도 춤을 춘다. 그리고 그는

장 뤽 고다르 영화처럼 해방감을 준다. 타란티노, 고다르, 발데싸리 —— 이들은

20세기의 소중하고 위대한 예술가들이다. 그리고 어딘가 기질이 비슷한 사람들이다.

익살맞고 크고 멋지다. "우리가 찬미하는 것들은 언제나 문을 열어놓은 작품들이다."

그토록 많은 문을 열어놓았기에 고다르 영화와 발데싸리의 사진에 열광하는 것이다.

우선 발데싸리의 사진 속에서 한 남자가 달리고 있다. 고다르 영화에 나오는 대사인

"전 속력으로 달리다 벼랑에 떨어져 죽을 남자의 얼굴"이란 표현이 어울린다.

달리는 얼굴에 파란 스티커가 붙어 있다. 그의 작품 속의 인물들은 거의 호떡 같은 스티커를

달고 있다. 그것은 그가 사진을 다변화하려고 얼굴을 덮어 지운 흔적이다.

빨강 스티커는 분노와 위험, 노랑은 욕망과 광증, 푸른색과 녹색은 평화와 희망을 뜻한다.

그는 신문 · 잡지에서 영화 스틸사진을 잘라내, 그것을 재구성하거나 붓으로 그려서 알듯 모를 듯

흥미진진한 시각적 이미지를 만든다. 60년대 초부터 실험 끝에 발견한 결과물이다.

인공과 자연, 군중과 개인, 남성과 여성, 혼란과 질서, 과거와 현재, 사랑과 미움을 대비시켜

긴장감이 고조된다. 자서전적이면서도 역사와 사회, 문명의 메아리를 끌어온다.

실험정신은 한가할 시간이 없다. 멋대로 던진 듯한 이미지 파편의 구성은

우리에게 무궁무진한 상상력을 준다. 상상력은 현실성과 거리가 먼 것 같지만 그것은 한몸이다.

한몸으로 섞여 오히려 강한 현실감을 보인다. 존 발데싸리씨가 말씀하신다.

귀를 대문처럼 열고 들어보자.

"모든 가치는 고정되어 있지 않습니다. … 나는 우리가 결코 고립되어 있지 않다고 생각합니다.

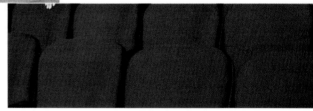

존 발데싸리, 환영: 달아나는 사람과 빈 의자들, 1991~92

존 발데싸리, 키스 / 패닉(panic), 1984

언제나 우리 시대의 지식이며 세계 어느 곳이든 우리에게 유용한 사람들이 있습니다.

문학은 언제나 나에게 흥미로운 것이었습니다. 나의 문화는 독서를 통해 형성되었으며

그것이 바로 내가 세계에 대해 배울 수 있는 방법입니다. … 언제나 작가들이 미술가들보다

훨씬 나에게 흥미를 주었으며 … 미술로서는 풀 수 없는 문제를 가지고

작가가 씨름하고 있는 것을 볼 수 있습니다."

뭐가 없어서라는 이유는 어리석은 변명이다. 그의 말대로 우리는 결코 고립되어 있지 않다.

내가 찾고자 하는 지식은 이미 책 속에 다 있다.

존 발데싸리의 독서편력은 대단하다. 달을 먹은 개처럼 정말 많은 달을 드셨다.

그는 레비스트로스라는 달, 비트켄슈타인이란 달, 쏘쉬르, 데리다, 바르뜨,

푸꼬 등등의 달을 마셨다.

도대체 세상엔 달이 몇 개나 되는 거야?

창문을 활짝 열고 토실토실한 노란 달 한번 드셔보세요.

담배꽁초가 된 아버지

어빙 펜, 리처드 아베든

어떻게 하면 책과 가까워질까

TV는 주님이시다. TV께 영광, TV는 세세이 빛나이다.

온통 TV와 비디오에 눈과 마음을 빼앗긴 시대, 책을 안 읽는 세대의 위기가 닥쳐왔다.

어떻게 하면 책과 가까워질까. 책에 온갖 양념을 치고 버무려 기름에 튀기면 맛있게 읽을까.

소설가 보르헤스처럼 장님이 되도록 독서하길 바라진 않는다. 최소한 한 달에 1~5권 정도는

읽어야 하지 않을까. 책에 대한 남다른 욕망은 어떤 계기나 깨달음이 있어야

강렬하게 타오르는 것 같다. 삶과 죽음의 이중주가 흐르는 책. 내게 책이란 건 언제나

도시락처럼 왕성한 식욕을 일으킨다.

나도 왕년엔 무식했고, 책만 보면 잠들던 잠순이의 눕자시절이 있었다.

고등학교 때 그 황금기를 누렸다. 막연히 '아는 게 힘'이란 사실을 실감하여 돈이 생기면

100원짜리 삼중당문고를 샀다. 그러나 열 페이지 정도만 읽으면 잠이 왔다.

그에 대한 벌로 나는 10년 넘게 불면증에 시달렸다.

목표가 불확실한 인생은 실패의 눈물을 함박눈처럼 쏟아내고 만다.

장자도 "목적 있는 생명은 상하지 못한다"고 했다.

잃어버린 시간을 되찾기 위해, 내 실패의 의미를 찾기 위해 닥치는 대로 책을 읽다 보니

시인의 길도 걷게 되었다. 게으른 눕자시절이 있어 정신차리고 그후를 공부하는 데 바친 것 같다.

독서 안하는 시대를 염려하면서 나는 이율배반적으로 방금 비디오 세 편을 봤다.

제인 버킨 주연의 「더스트」와 프랑스와 트뤼포의 「줄 앤 짐」, 로버트 알트만의 「패션 쇼」,

다 수작들이다. 특히 「패션 쇼」는 끝이 명장면이다. 디자이너 씨몬 로의 패션 쇼에서

모델들이 벌거벗은 모습으로 무대를 돈다. 임신한 모델이 나체로 면사포 쓴 모습은
통쾌하고 새롭다. 다만 주홍빛 하트로 여자의 음모를 가리는 촌스러움은 가관이다.
역시 공륜 가위의 멋진 솜씨다.
다시 책 얘기를 하자. 사진책을 보는 일도 참 유익하다. 5, 60년대부터 패션사진계를 주도한 대가
어빙 펜과 리처드 아베든의 사진들을 보면 참 놀랍다. 그들은 패션사진뿐 아니라
순수사진도 소화해내는 저력을 보여주기 때문이다.

당신은 벌써 담배꽁초가 되고 있어요

어빙 펜(Irving Penn 1917~   , 미국)의 극도로 클로즈업된 담배꽁초 사진들은 마치
타다 만 시신처럼 보인다. 목숨을 다한 사람같이 기이한 분위기를 자아낸다.
담배 한 대가 다 타는 시간이 삶의 시간이다.
그는 기묘한 느낌을 주는 그의 모델도 담배꽁초처럼 하나의 오브제로써 다룬다.
환경으로부터 단절시켜 새로운 시각을 보여준다.
그는 이동 스튜디오를 네팔, 모로코, 페루, 뉴기니아 등으로 가지고 가서 촬영했다.
"친숙한 환경에서 분리시켜 스튜디오 안에 들어가면 고립되어 모습이 변한다"고 했다.
그는 공예대학에서 그림공부를 했고, 유명 아트 디렉터에게 디자인도 배웠다.
『하퍼스 바자』지의 사진을 찍었고, 지금도 『보그』지의 사진을 찍는 노대가이다.
사진집 『잊을 수 없는 순간』(1960), 『작은 방의 세계』(1974) 들이 인상적이다.
평자들에 따르면 그는 "인간과 형태의 에쎈스 표현을 추구하며 사진에 의한 진리의 탐구를

어빙 펜, 담배꽁초, 1972

리싸 폰싸그리브즈 펜, 어빙 펜과 아싸로 무드맨, 그리고 아이, 1970

노리는 사진가"다.

아버지가 사라진다

나는 위인들의 생애나 사상집을 즐겨 읽는 편이다. 철학자 중에 특히

비트겐슈타인으로부터 상쾌한 충격을 받았다. 수도원 구내의 정원사로도 일한 그는

평생 성인처럼 살려고 다짐한 괴팍하고 흥미진진한 사람이다. 그는 수도승처럼

허식의 찌꺼기를 철저히 물리치며 살았다. 아무 장식도 없는 그의 방엔

이해하기 힘든 논문을 보관한 금고만 있다

그런 삶의 태도는 세 형의 자살과 무관할 수 없을 것이다.

그가 엄청난 유산 상속을 받았을 때, 돈에 파묻혀 자신의 일생이 엉망으로 되는 것을 원치 않아

익명으로 오스트리아 시인들에게 기부금을 주었다. 그 수혜자 중에 릴케가 있다. 그리고

여동생을 사랑하여 죄의식 속에 사로잡혀 어둡고 불가사의한 시를 썼던 게오르그 트라클이 있다.

동성애적 성향이 있는 비트켄슈타인은 학위도 없이 순전히 독학으로 철학교수까지 지냈다.

춥고 고독한 나날이면 그를 떠올려 나는 힘을 얻는다. 책에서 지혜를 얻고 위안을 받는다.

나는 이렇게 되뇌곤 한다. 읽고 계속 읽으라. 마음에 드는 부분에는 밑줄을 긋고

여백에다 하고 싶은 말도 쓰고…… 후에 들여다보면 즐겁다. 책을 주머니에, 가방에,

자동차 안에, 욕실과 부엌, 침실에 두고 틈나는 대로 읽으라.

마음에 윤기가 흐르고 자신감이 넘치는 삶으로 바뀔 것이다.

리처드 아베든(Richard Avedon 1923~ , 미국)은 양장점을 경영한 아버지의 영향으로

전시회에 출품할 작품들을 보고 있는 리처드 아베든, 1975

리처드 아베든, 오드리 헵번, 1967

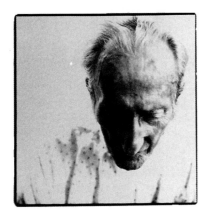

리처드 아베든, 제이콥 이스라엘 아베든

청소년 시절 패션잡지에서 오린 사진들을 벽에 붙여놓고 책 보듯 들여다봤다고 한다.

그는 그의 유명한 사진인 암에 걸린 아버지 「제이콥 이스라엘 아베든」을 6년간 촬영했다.

이러한 작업을 휴머니즘을 추구하는 사진의 본질에 비추어 이율배반적인 행위로 보는 이도

있을지 모른다. 그러나 그의 아버지를 익명의 인간으로 봐야 한다. 그리고 그의 작업은 숙명적인

죽음에 대한 성찰로 봐야 하리라. 이 작업은 철저한 장인의식에서 비롯된 것이다.

이런 치열한 자기반성과 성찰을 동반한 그의 작업은 부정정신에서 비롯될 수밖에 없다.

또한 그의 유명한 『개인적인 것이 아니다』(1963)는 패션사진집이 아니라

"미국의 치부를 파헤쳐 기계문명에의 혐오, 인간소외와 고뇌를 표현,

한없이 깊은 애국심으로써 모국을 비평한 작품집"이다.

러시아에서 이주한 집안의 아들인 아베든은 시 쓰는 재능이 뛰어났다고 한다.

1942년 해군에 입대했을 때 사진반에 배속되어 부친에게서 선물받은 롤라이플렉스 사진기로

대원의 증명사진을 찍은 것이 사진의 시작이다.

그가 서른살쯤에 대성공을 거둔 것은 그의 천재적 재능 때문이다.

개성적인 패션사진을 찍어 신선한 충격을 주었다. 처녀나 젊은 여성을 모델로 쓰는

패션사진가들과는 달리 그는 기혼여성을 선택했다. 연륜이 주는 내면의 모습을 표출하고

모델을 비현실적 · 비관능적으로 찍은 아베든은 인간의 가식을 벗기고 중간 톤을 생략해서

흑과 백의 강렬한 콘트라스트로 표현했다.

나는 그의 선택이 무척 마음에 든다.

유머로 해피 투게더

엘리어트 어윗, 윌리엄 웨그먼

지혜롭고 편안한 유머

때로 별것도 아닌 것이 사람을 괴롭힌다.

다섯 시간 전부터 별것도 아닌 뻥튀기가 먹고 싶었다. 참다 못해 30분을 뛰어가

뻥튀기를 샀다. 역시 한국 고유의 스낵이 고소한 소리를 냈다.

한개는 초승달을 만들어 어두워진 창에 걸어두고, 뻥튀기처럼 별것도 아닌 유머에 굶주린

현대인을 생각했다. 영화도 웃겨야 많이 뜨고 제품도 광고가 재미있어야 나간다.

그만큼 삶이 힘들고 답답해서다.

유머는 몹시 그리울 때의 먹거리처럼 별미다. 유머는 안마처럼 몸을 주물러주고

구름처럼 삶을 가볍게 띄워준다.

엘리어트 어윗(Elliott Erwitt 1928~ , 미국)의 작품을 처음 보았을 때 심란하게 웃었다.

특히 옆의 사진은 보통상식과는 달리 모델과 학생들이 뒤바뀐 상황을 보여준다.

아주 심란하고 통쾌한 사진이다. 또 하나의 사진은 롱다리 새와 롱다리 수도꼭지를 대비해서

찍었다. 그리고 마스크를 쓴 채 담배 피우는 그의 셀프사진도 웃긴다.

그의 위트 있는 눈썰미에 경의를 표한다. 앙리 까르띠에 브레쏭도 이렇게 경의를 표했다.

"엘리어트 어윗의 사진에 대한 태도는 현학적이지 않은 깊이와 지혜로운 유머를 지녔다.

이것은 놀래키지 않는 편안한 즐거움을 준다." 이를테면 인생을 심각하게만 생각할 필요 있느냐,

뭐 그렇게 잘난 체하느냐, 이런 식인 것 같다.

그는 할리우드에서 성장해서 1948년 뉴욕으로 이주했다. 책 표지에 쓰일

작가의 인물사진을 촬영했다. 여러 잡지와 광고대행사 일을 하며 전세계를 여행했다.

엘리어트 어윗, 이스트 햄튼, 1983

엘리어트 어윗, 플로리다 강변, 1968

엘리어트 어윗, 셀프 포트레이트

재미있는 사진을 본 김에 체스와프 미오슈의 시 「선물」을 읽어보자.

> 아주 행복한 날
>
> 안개가 깔린 이른 아침
>
> 정원에서 나는 일을 하고 있었다
>
> 땅위엔 갖고자 하는 것들이 아무것도 없었다
>
> 부러워할 만한 사람도 없었다
>
> 과거의 나쁜 일들은 모두 잊어버렸다
>
> 내가 누구였으며 또 누구인가 생각하기를 부끄러워하지 않았다
>
> 몸에서는 아무런 고통도 느껴지지 않았다
>
> 온몸을 활짝 펴며, 푸르른 바다와 돛단배를 바라보았다

기분좋은 시다. 사람들이 좋은 시를 읽고 산다면 세상은 분명 부드러워진다. 이는 나의 신념이자
진실이다. 시읽기와 더불어 풍부한 예술교육이 시급하다. 청소년 폭력과 성문제 해결의 한 방법도
여기에 있다고 본다.

인간 본연의 열정과 폭력적인 광기는 동전의 양면과 같다. 폭넓은 양질의 예술교육은
청소년들이 정념과 열정을 쏟을 건강한 돌파구가 될 수 있다. 많은 학생들은 포장만 잘된
상업스타들에게 휩쓸려든다. 정신의 밥인 다양한 독서와 예술의 섭취는 외면한다.

이건 한국 자본주의의 구조적 모순의 결과다. 언젠가 검열의 시절엔 폭력만화 잡는다며 수준있는

만화까지 보신탕집 개 때려잡듯 하였다.

왕자웨이의 「부에노스 아이레스」가 상영금지 되고 걸핏하면 영화필름이 잘린다.

경직되고 획일화된 우리 사회가 부끄럽다. 나는 시와 만화와 영화, 팝송을 마시며 컸다.

야한 것과 고결한 것을 골고루 보고 분별력이 생겼다. 어린 청춘은 나쁜 음식도 먹어봐야

나쁜 걸 알고 죄도 저질러봐야 죄인 줄 아는 경향이 있다. 사람의 발길은 결국

올바른 쪽으로 간다. 자유롭고 열린 세상을 꿈꾸기 위해서는 규제가 융통성있게 행해져야 한다.

엘리어트 어윗의 사진들에는 경직된 사회의 상식을 뒤엎는 예술적 통쾌함이 있다.

그는 참 많은 개들을 찍었다. 윌리엄 웨그먼도 개 사진을 많이 찍었다.

그들은 전생에 한많은 개였는지 모른다. 그러나 어윗과 웨그먼의 세계는 다르다.

그러면 웨그먼의 세계 쪽으로 고개를 돌려주시길……

권위와 위엄으로 찌든 세상을 뒤엎는 유머

언젠가 나는 사람이 개처럼 보여서 한동안 힘들었던 적이 있다. 물론 나도

표독스런 불독의 형상으로 거울 앞에서 컹컹 짖곤 했다. 지하철을 타도 길을 가도 백화점에 가도

개의 모습을 한 사람들로 가득 찼다. 땅투기하는 이들, 외제라면 사족을 못쓰는 이들,

쓰레기를 아무데나 버리는 사람 등은 그야말로 개였다. 놀러온 친구도

귀여운 개처럼 보여 따뜻한 커피 대신 개먹이를 끓여주고 싶을 정도였다.

'개 같은' '개새끼'라는 비유를 쓸 경우는 거의 욕이다.

윌리엄 웨그먼(William Wegman 1942~ , 미국)의 폴라로이드 카메라로 찍은

'만 레이 씨리즈'에서 개의 비유는 무엇일까? 만 레이는 초현실주의 화가이자 사진가인데
여기서는 개 이름이다.

웨그먼은 그의 애견 만 레이를 여러 모습으로 분장, 변신시켜 카메라 앞에 세운다.
관객의 자세나 표현양식에 구속됨이 없는 그는 익살맞고 재치있는 위트로
관객의 가슴을 자유롭게 휘젓는다. 변장시킨 만 레이 모습 뒤에 자신을 숨겨
삶의 심각함이나 전위예술의 진지함을 뒤엎는다. 계란부침을 뒤집듯이 가뿐하게 말이다.
사진 「가루투성이」는 검둥이 만 레이에게 밀가루를 뿌려 흰둥이로 만든 것이다.
만 레이와 패션모델을 함께 찍은 다음 사진(168면)은 상업사진의 패러디다.
그의 사진은 구성이 심플하고 독특하다. 그 독특함은 괴기스럽고 익살스럽다.
독창적인 이미지는 활달함과 자유로움을 발산한다. 그는 1970년대부터
비디오 작가로 각광을 받았으나 자신의 풍부한 상상력을 표현할 수 있는 매체로
사진이 더욱 적합하다고 생각한 이후 비디오에서 사진으로 옮겼다.
웨그먼은 이 매력적인 사진들로 세계적으로 유명해진다.
어떤 사람은 만 레이를 위대한 배우이자 감독인 찰리 채플린과 비유한다.
웨그먼이 웃음 속에 깃들인 비애감을 연출하고 애견 만 레이가 훌륭하게 연기했다.
화가이자 사진가인 만 레이는 1976년에 사망했고, 웨그먼의 애견 만 레이는 1982년에
장렬하게(?) 죽었다. 의인화시킨 만 레이를 통해 인간의 모습과 행위가 얼마나
스테레오타입으로 이루어졌는가를 살필 수 있다. 권위와 위엄으로 찌든 인간의 모습,
그 허식을 뒤엎는 즐거운 반전을 보여준다. 우리는 끈에 묶인 개처럼 살다가는 것은 아닐까?

윌리엄 웨그먼, 가루투성이, 1982

윌리엄 웨그먼, 황금빛 드레스, 1989

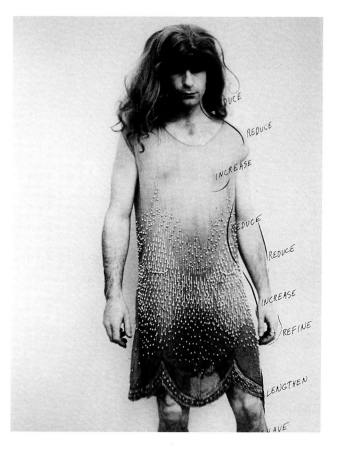

윌리엄 웨그먼, 인체 교정, 1977

주체성 없는 문화는 정복당한다. 자기 스스로 주인이 되는 삶만큼이나
우리만의 독특한 문화와 상품을 만드는 일이 중요하다. 그것이 불황을 이기고 세계의
문화전쟁에서 살아남는 일일 것이다.

그리고 어윗과 웨그먼의 유머는 따뜻한 사랑의 표현이다. 오가는 유머 속에
사람 사이는 가까워진다. 저질의 유머는 우리의 감정을 타락시키지만 기지가 넘치는
풍요로운 유머는 살맛나는 인생을 만든다.

유머로 해피 투게더!

마침 프랭크 자파가 「해피 투게더」를 부른다.

기분이 좋다. 생의 활기와 기운이 용솟음친다.

누구나 뭐든 할 수 있어

앤디 워홀

좋은 아침이군

비틀즈 냄새가 아주 좋아. 해가 뜨는 냄새처럼 상쾌하구. 웨하스를 깨무는 것처럼

달콤하고 부담없이 심오해. 아무리 오래 들어도 부담없을 비틀즈는 허니 파이를 부르고,

노란 잠수함도 끌고 온다. 런 포 유어 라이프! —— 당신의 인생을 위해 달려유!

비틀즈가 노래한다. "알아유, 저를 위해 달리고 있어유", 애들처럼 까불며 대답한다.

1960년대에 유럽과 미국을 강타한 비틀즈. 그들에게 사람들이 광적으로 몰려갔듯,

팝아트 미술가들한테 모든 것이 떼거리로 몰려들었다.

팝아트는 대중문화다. 비틀즈만큼 큰돈이 된 산업이었다. 팝의 뿌리는 다다(dada)에 있다.

다다운동은 파괴와 부정으로 일관했으나 팝은 긍정과 탐색을 위한 운동이자 열기였다.

팝아트의 공헌은 천박하다고 생각하는 대중문화를 예술로 승화시킨 데 있다.

팝아트의 대표적 아티스트 앤디 워홀(Andy Warhol 1928~1987, 미국)에 의하면

"팝의 중심철학은 누구나 무엇이든지 할 수 있다"는 것이다.

그는 특권의식이 지배했던 팝 이전의 미니멀 아트를 거부한다.

'팝은 사랑이다.' 사랑이 모든 것을 감싸안듯 팝도 모든 것을 끌어안는다.

삐까소처럼 워홀의 신화는 후대의 예술가에겐 영감과 성공, 출세를 상징한다.

사진의 역사에서 워홀을 빼놓을 수 없는데, 그것은 한순간에 시선을 사로잡는 사진 이미지로

표현했기 때문이다. 워홀의 시대에 사진은 미술의 범주안에 새로운 예술매체로 확립된다.

워홀은 코카콜라, 캠벨 수프, 통조림, 브릴로 비누 등의 상품 이미지를 그대로

실크 스크린해서 쓴다. 예술이 뭐가 고결한 것이냐고 묻듯 우리가 사용하는 이미지에

의문을 제기한다. 친숙함, 일상의 힘을 보여준다. 그리고 엘비스 프레슬리,

마릴린 먼로 등 인기스타의 이미지를 쓴다. 여기에 실린 카프카 사진도 마찬가지다.

인종폭동, 자동차 사고 등 센셰이셔널한 사건의 이미지도 신문 잡지에서 오려내

실크 스크린으로 복사하여 쓴다. 이에 대해 "나는 죽음의 실존을 믿고 있다. …

사람들은 모든 것을 사진으로 찍는다"고 했다.

신문에 대형 비행기사고 사진이 실려 있다.

내가 하고 있는 모든 것은 '죽음'일 수밖에 없다는 걸 깨달았다. 그가 말했듯이

"그런 끔찍한 사진을 자꾸 자꾸 보면, 나중에는 아무렇지도 않다."

언젠가 꽌 니미츠힐과 베트남에 추락한 비행기 사고가 생각난다.

가족에겐 지울 수 없는 상처로 남지만 여타의 사람들에겐 고통으로 남지 않는다.

그때의 강렬했던 죽음에 대한 불안도 뜬구름처럼 흘러갔다. 어쩌면 애써 잊으려 했는지 모른다.

죽음은 기분 나쁘고 두려운 것이어서, 그것을 지우고 이기기 위해 작가들은 대식가처럼

죽음의 이미지를 먹고 작품으로 토해내는지 모른다.

마릴린 먼로의 멀티플 이미지를 보면 똑같은 먼로의 모습이 반복된다. '반복하는 것은

이미지를 비우는 작업'인 것이다. 지루하게 반복되는 것은 결국 아무것도 없는 것이다.

워홀 또한 '무의미를 위한 작업'이라고 회상했다. 그래서 팝아트를 '소멸의 정열'이라 하나 보다.

갑자기 허무해지고 김이 빠진다. 그러나 소멸과 죽음 없인 자신을 깨달을 수 없다.

그는 세속적인 것에서 멀어지는 걸 싫어했다. 유명세만큼 권위적이진 않았고 속물근성도 없었다.

공장이란 이름의 작업실엔 스타들로 들끓었다.

앤디 워홀, 20세기의 유태인 10인의 초상: 프란츠 카프카, 1980
© Andy Warhol / ARS, New York – IKA, Seoul 1998

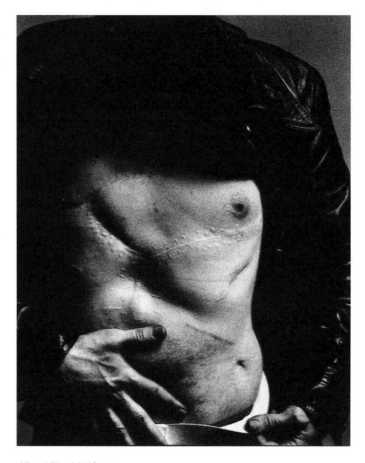

리차드 아베든, 앤디 워홀, 1969

롤링스톤즈의 믹 재거도 밥 딜런도 다녀갔다. 1965년엔 워홀에 의해

환각적 사운드 그룹 벨벳 언더그라운드가 조직된다. 영화 「접속」에 흐르던

「페일 블루 아이즈」도 이 그룹이 불렀다.

벨벳 언더그라운드 그룹의 핵심인물인 데까당스의 제왕, 어둠의 왕자 루 리드.

시인 지망생이던 그는 팝음악에 지대한 영향을 미쳤다. 얼마전에 선물받은

로스트 하이웨이 씨디판을 이거 괜찮은데 싶어 살펴봤다. 루 리드의 노래와 연주였다.

「웍스 온 더 사이드」—— 구석에서 놀다란 뜻인가? 아무튼 이 음악을 틀겠다.

안 들릴 것이다. 나만 듣고 있으니까.

데이빗 보위가 '앤디 워홀'이란 노래를 취입할 만큼 그의 신화는 계속될 것이다.

「나는 앤디 워홀을 쐈다」—— 지난 여성영화제 때 이 걸출한 영화를 봤다.

결국 영화에서처럼 워홀은 발레리 쏠레니에게 총맞은 후유증으로 사망한다.

총상이 얼마나 심각했는지 리차드 아베든이 찍은 워홀의 초상이 신랄하게 보여준다.

"15분 동안만 유명할 뿐이다" "돈이 되는 건 모두 예술이다"라는 말이 절절히 와닿는

시대를 살다보니 그를 영웅시하는 것도 이해가 된다.

그는 시대정신을 첨예하게 읽어내서 실패할 수가 없었다.

섹스, 너는 왜 눈물을 흘리느냐

낸 골딘, 로버트 메이플소프

살과 살이 만나지 않으면

만나고 싶을 때 만나고 사랑하고 싶을 때 사랑한다. 눕고 싶을 때 눕고 원하던 일을 원할 때 한다.

이렇게 마음 가는 대로 남에게 피해를 안 주면서 살아진다면 세상은 얼마나 평온할까.

그러나 마음 가는 대로 살아지지 않아 고통과 슬픔이 따르는 것. 고통이 나쁘지만은 않다.

고통은 인내력을 키우며 인내의 눈물은 잘 영근 포도알처럼 아름답다.

그러나 성욕에 한해서 참는다는 것은 괴로운 일이다. 성인이 되어 살과 살의 접촉이 없으면

정신도 황폐해지기 십상이다. 그래서 공인된 섹스 파트너와 공인된 섹스, 즉 결혼이 필요하다.

결혼의 형식이 싫으면 능력껏 지속적인 연애라도 필요하지 않을까 싶다.

그렇게 감각의 노화방지와 윤기 흐르는 삶을 위해 섹스는 눈물을 흘린다.

무라까미 하루끼가 말하길 "성욕은 정당한 에너지요 성욕을 터뜨릴 구멍이 없어서 저장해두면

두뇌의 명석함도 잃어버리고 몸의 균형도 망가지지. 여자의 경우는 생리가 불규칙적이 되고

불규칙적이면 정신의 안정을 잃어버리지." 하루끼만큼 바람직한 상태로 성욕을 해소시키는

소설가도 드물다. 그의 소설이 성황을 이루는 가장 큰 이유도 여기에 있지 않을까?

언젠가 동성연애를 다뤘다 해서 공륜가위에 상영금지당한 「해피 투게더 – 부에노스아이레스」의

홍보용 비디오를 봤다. 나는 왕자웨이 팬이다. 그의 감각은 신선하고, 그가 직접 쓴 시나리오는

매력이 있다. 촬영기법이 주는 현란할 정도의 강렬함과 회화적 느낌이 좋다.

살아 있는 물체처럼 카메라가 종횡무진 자유자재로 움직인다.

물론 스타일리스트라서 잔뜩 폼만 잡는다고 건방지다며 욕하는 사람도 봤다.

그러나 왕자웨이는 생의 쓸쓸함을 따뜻하게 구워내는 가슴을 지녔다.

그의 「해피 투게더」를 볼 수 없는 우리 현실이 언제쯤 개선될지 안타깝다.

남녀 구분이 없는 시대의 사랑

까페에 가면 장식용 조화와 생화를 구분하기 힘들다. 21세기로 가는 현실은
남과 여, 정신과 육체, 고급문화와 대중문화의 구분이 무의미하다. 사랑하는 데
남녀의 구분이 의미없는 시대에 우리는 살고 있다.

안토니아 버드의 영화 「프리스트」도 「해피 투게더」처럼 게이의 이야기다. 동성애자인 신부의
이야기에 나는 무척 공감한다. 여기서 동성끼리 몸을 더듬는 모습은 결코 추하게 보이지 않는다.
세상의 금기나 고정관념을 파기하는 작가가 앞으로 더 많아질 것이다.

사진을 찍으며 금기의 세상과 싸우던 사진가 낸 골딘과 메이플소프를 만나기 전에
사랑과 영화 얘길 좀더 하겠다.

사랑 영화 중에 제일 먼저 떠오르는 것은 쟝 로세포프와 안나 갈리아니가 주연한
「사랑한다면 이들처럼」이다. 「이본느의 향기」를 만든 빠트리스 르꽁뜨 감독의 작품이다.
자신이 사랑받을 수 있는 절정의 순간에 스스로 바다에 몸을 던진 아름다운 미용사의 이야기다.
아랍 리듬에 따라 춤추는 미용사의 남편 연기가 압권인 이 영화에서 미용사의 유서를 읽어보자.

사랑하는 이에게

당신의 사랑이 식기 전에 사랑을 남기고 가려구요. 아니 그보다도 불행이 오기 전에.

당신의 숨결과 당신의 체취를 품에 안고 갑니다. 당신의 모습이며 입맞춤까지……

당신이 선물하신 내 생애 절정에서 떠납니다. 달콤한 입맞춤 속에서 떠나렵니다.

날 잊지 못하도록 지금 떠납니다. 언제나 사랑했어요.

참으로 진실한 사랑을 해본 사람이면 공감하지 않을 수 없을 것이다. 인기의 절정. 사랑의 절정.
섹스의 절정. 생애의 절정. 모든 절정 후의 그 추락과 폐품이 된 심정은 견디기 힘들다.
사랑이 식는다는 사실과 그에 대한 두려움은 누구나 안고 산다. 낸 골딘(Nan Goldin 1953~   ,
미국)의 사진 「침대 위의 낸과 브라이언」이 그런 정황을 신랄하게 보여준다.
사랑하면서 끊임없이 의심하는 관계의 고달픔을 엿볼 수 있다.

낸 골딘의 『성적 종속물에 관한 발라드』

미국에서의 성은 어떤 것인가? 결국 이 시대의 성은 어떤 것인가? 이를 가장 첨예하게 보여준
골딘과 메이플소프. 이들의 사진을 이해하려면 마음을 활짝 열어야 한다.
골딘의 사진은 자신의 일기이자 사적 다큐멘터리다. 그녀의 다큐멘터리는
충격과 당혹감을 준다. 과감하고 솔직하다. 알몸인 두 남녀가 섹스중인 「침대 위의 룸메이트」란
사진을 처음 보았을 때 나는 놀랐다. 영화에서 흔히 볼 수 있는 장면인데도 사진으로 보면 왜
그렇게 놀라운지. 여기에 사진이란 매체의 위력이 있는 것이다.
그녀는 광적으로 사는 자들의 처절한 모습을 찍는다.
골딘이 열한살 때 열여덟살의 언니가 성폭행을 당해 자살한 사건이
그녀의 운명을 바꾼 것 같다. 언니의 자살 일주일 후 섹스도 체험하고, 열네살에 가출하여

낸 골딘, 침대 위의 낸과 브라이언, 1986

낸 골딘, 구타당한 낸 골딘, 1984

열여덟살 때 사진을 시작했다. 막가는 인생 같더니 그 탈선적인 삶에서도 학업엔 충실했다.

참 똑똑한 여자란 생각이 든다. 왕자웨이 감독의 영화 주제가로 쓰인 '해피 투게더'.

이 노래를 끝내주게 부른 프랭크 자파의 생일파티에서 슬라이드 쇼를 갖고부터

그녀의 사진은 이목을 끌었다. 그녀는 현재 대학교수로 있다.

나는 사진집 『성적 종속물에 관한 발라드』(1987)를 본 강렬한 인상을 시로 쓰기도 했다.

「구타당한 낸 골딘」이란 셀프사진도 그 충격이 강렬하다.

아마 애인과 싸워 얻어터진 셀프사진일 게다.

"나의 세계가 어떤 것인지 꾸미지 않고 보여주고 싶다. —— 이것은 나의 삶을 찍은 생생한

사진이다." 그녀의 치열한 작업은 아직도 계속되고 있다.

세상의 금기와 싸운 위대한 사진가, 메이플소프

로버트 메이플소프(Robert Mapplethorpe 1946~1989, 미국)는 세상의 금기와 싸우며

자신의 삶을 예술로 승화시킨 위대한 사진가다. 그것은 남이 못하고 하기 힘든 작업을 탁월하게

해냈기 때문이다. 자신이 여자로 태어났다면 창녀가 되었을 거라고 할 만큼 그는 섹스광이었다.

남성누드에 적극적으로 다가가 남성의 에로티씨즘을 집요하게 탐구했다.

에이즈에 걸려 죽은 뒤에도 시민들의 전시 반대데모가 벌어질 정도로

그는 변태성욕자, 포르노 사진가로 낙인찍혔다. 지금은 예술계에서 앤디 워홀처럼

신화적인 존재가 되었다.

로버트 메이플소프, 셀프 포트레이트, 1971

로버트 메이플소프, 패티 스미스, 1976

그는 프랫 인스티튜트에서 미술을 공부했다. 70년대초 펑크록 스타 패티 스미스와

1년 반 동안 동거하면서 폴라로이드 사진을 시작했다. 패티 스미스는 1975년 무명 록계에서

배출된 아방가르드의 총아였고 1978년엔 브루스 스프링스턴과 함께 제작한

「비코우즈 더 나잇」의 히트로 이름을 떨쳤다. 힘있고 약간 허스키한 목소리를 가진 그녀.

메이플소프가 찍은 패티 스미스의 누드를 보면 여성의 느낌보다 소년의 분위기가 강하다.

여기서부터 메이플소프의 게이적 성향이 엿보인다. 그녀의 영향인지 몰라도 그는 죽을 때까지

새로운 대중음악에 지대한 관심을 가졌다고 한다.

미술대학 조각과 출신이어서인지 그의 사진에서 인체는 하나의 조각품 같다. 우아하고 아름답다.

그가 찍은 「꽃들」 씨리즈도 식물이란 느낌보다 빼어난 조형성을 갖춘 사물로 보인다.

그의 사진은 "죽음의 그림자를 띤 성의 세계"고, 그에게 섹스는 아름답고 신성한 것,

주술적인 것이었다. 죽음과 삶의 경계를 넘나드는 섬뜩하고 아슬아슬한 그의 사진은

카타르씨스와 힘으로 넘쳐난다.

카와바따 야스나리의 소설 『설국』에 잊혀지지 않는 구절이 있다. "인간은 얇고 매끄러운 피부를

서로 사랑하고 있었다." 매끄러운 피부와 살덩이를 매만짐으로써 오는 안도감.

서로 피부가 닿고 싶은 충동. 이같은 정념은 삶의 에너지요 생존의 힘이다.

섹스는 거짓없이 가장 솔직한 모습을 드러낸다.

메이플소프의 말대로 "아름다움처럼 섹스나 죽음도 보는 이의 눈에 달렸다."

그의 사진은 우리의 현실과 위악을 적나라하게 비춰 보인 거울이다. 그는 누구도 하지 못한

작업을 해냈다. 사회와 인간 속에 숨겨진 위선과 이중성을 신랄하게 들춰내 보였다.

로버트 메이플소프, 수박과 칼, 1985

메이플소프처럼 에이즈로 죽은 록그룹 퀸의 프레디 머큐리가 그립다.

퀸의 공연 실황을 비디오로 봤지만 머큐리의 목소리는 더러운 강물도 아주 맑게 만들 것 같다.

이만한 목소리를 앞으로 만나기 힘들 듯싶다. 그가 부른 「썸바디 투 러브」를 틀겠다.

　누구든지 사랑하고 싶다면 나를 찾아주세요 / 어느날 아침 나는 너무 지쳐 간신히 일어났어요 /

　그리고 거울 속에 나를 보고는 울어버렸지요 / … / 나는 아무 감각도 없어요 /

　나는 아무도 신뢰하고 있지 않아요 / 주여, 누구든 사랑할 수 있게 해주세요

너무나 외로우면 누구든 사랑할 것 같다. 아니 아무라도 사랑하고 싶어진다.

아무튼 우리의 인생은 사랑으로 하염없이 헤매고 휘청거린다.

사랑은 치유의 향기요, 살아가게 만드는 힘이다. 외로운 누군가 사랑을 되찾을 수 있다면

그는 다시 태어날 수 있으리라.

셀프 포트레이트의 마력

리 프리들랜더, 씬디 셔먼, 아눌프 라이너, 루까스 싸마라스, 존 코플란즈, 척 클로우즈

나는 당신이야

지난 봄에 로마를 찾았을 때 까따꼼베는 아주 고요했다.

이 지하무덤은 묘한 생명감으로 나를 사로잡았다. 밤새도록 눈발이 휘날리고 비바람이 몰아쳐도 아무 일이 없을 것처럼 자비로움으로 가득했다. 초기 기독교도의 집회장소였으나 묘지로 이용된 까따꼼베는 무섭게 느껴지지 않았다. 도서관에 머물 때와 같이 무척 아늑한 기분이었다.

그러고 보니 도서관도 참 아름다운 무덤이다.

10여년 전 도서관에서 나는 우연히 한 권의 책을 펼쳐들고 맞아, 이거야! 하고 나지막이 외친 적이 있다. 내가 누구며 인생이 무엇인가를 끝없이 묻던 20대초에 만난 시 한 편. 로베르트 발저의 「윤무」라는 시였다.

> 인생은 인생의 농담은, 흥분과 격정을 불러일으키는 불확정성에 바로 바탕을 두고 있는 것처럼 생각되어, … 또 대단한 곳에서 놀라는 것만으로 만족하고 있는 사람들도 있다.
> 어쨌든 그것은, 결코 그만큼 놀랄 만한 것은 아닌 것이다. 희구와 욕망은 최종적으로 능력과 일치한다. … 사람은 얼마나 길고 얼마나 격렬하고 얼마나 자기 자신을 사랑하지 않으면 안될 것인가! 그것이 자연의 법칙이라는 것이다.

카프카에게 영향을 준 그의 시는 심오하고 통찰력으로 번득인다.

지금 알비노니의 「아다지오」가 잠시 숨을 멈추게 하듯 이 시가 삶을 생각하게 만든다.

인간은 자신을 끝까지 사랑할 수밖에 없는 존재, "자신을 정당화하지 않을 수 없는 존재"이다.

그런 입장에서 셀프 포트레이트도 살필 수 있다. 셀프사진 작업은 스릴 넘치고
해방감을 주는 마력적인 일이다. 일종의 나르시시즘의 표현이며 철저한 자기성찰의 작업이다.
또한 셀프사진의 힘은 자신을 넘어서 타인에게 흘러가 '나는 당신이야, 나를 통해
당신 자신을 알라구'라고 속삭이는 게 아닐까. '나'는 가장 손쉽게 구할 수 있는 모델이다.
나는 나를 다 볼 수 없지만 사진은 나의 모두를 간직한다.
카프카는 "한 권의 책은 우리들 내면의 얼어붙은 바다를 깨는 도끼여야 한다"고 했다.
자화상, 셀프사진도 마찬가지다. 그것은 '나'라고 하는 살아 있는 모델을 통한 삶의 반성물이다.
반성은 인간을 받쳐주는 속옷이다. 자신의 삶을 반성 않는 사람은 속옷을 안 입고 사는 짐승과
비슷하다. 다들 어른이니까 속옷은 깨끗이 빨아서 입으리라 믿는다.

셀프 포트레이트, 치열한 삶의 반성물

렘브란트는 40년간 60점의 자화상을 남겼다. 고흐, 뭉크, 프랜씨스 베이컨 등도
많은 자화상을 남겼다. 그들의 훌륭한 자화상은 아찔한 외로움 속에서 길어올린 자기성찰의
생명수다. 여기에 실린 작가들의 사진도 마찬가지다.
리 프리들랜더(Lee Friedlander 1934~ , 미국)의 셀프사진이 강렬하다. 모피코트를 입은 여자의
뒷모습에 다리미로 태운 듯 진하게 작가의 그림자가 오버랩된 사진에서 많은 것을 읽는다.
끊임없이 망설이며 결국 다가서지 못하는 관계, 만나도 소통불능인 인간관계의 쓸쓸함과
상실감이 배어난다. 불안하고 긴장된 침묵으로 현실은 무서울 정도로 비현실적으로 보인다.
주체의 소멸이라는 현대인의 깊은 상실감이 묻어나 가슴이 아리다.

리 프리들랜더, 셀프 포트레이트, 1966

씬디 셔먼(Cindy Sherman 1954~   , 미국)은 1977년부터 20년간 일관되게 셀프사진 작업을

선보였다. 사진이 이 시대의 강력한 매체임을 셀프사진으로 증명해준 작가다.

현재 그녀의 작품 가격은 세계 5위로 뛰었다. 거장으로서 그녀의 사진세계는

자신의 참된 자아를 찾아가는 과정을 보여준다.

거울의 아늑한 고요 속에 비친 셀프사진(192면)을 보자.

흰 연기처럼 어른거리는 자신을 보면서 무슨 생각을 할까?

우리는 바라봄으로써 존재를 느낀다. 거울은 존재를 느끼게 해주는 마술상자처럼 신비롭다.

니체는 "인간의 생애는 하나의 거울이다. 그속에서 자신을 끝까지 지켜본다"는 것이다.

씬디 셔먼도 사진이라는 하나의 거울로 카멜레온처럼 변화무쌍한 자신의 모습을 비춰낸다.

물방울처럼 가볍고 하찮게 흩어지고 사라지는 존재의 의미를 찾아간다.

  웃어 웃어 웃어요 / 당신이 웃고 계실 동안에는 //

  하늘은 새파랗고 / 공기는 부드럽고 /

  들에는 해가 비치고 / 오솔길에는 희미한 그림자

  뜨거운 완두 만두 / 식은 완두 만두 /

  아흐레 담겨 있는 / 항아리의 완두 만두

갑자기 만두가 먹고 싶어진다. 분위기가 진지한 것 같아 마음의 체조나 할 겸

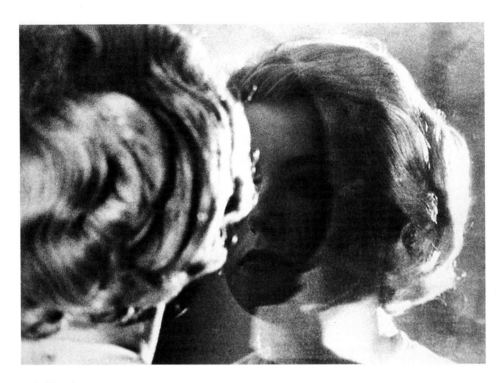

씬디 셔먼, 무제, 1980

일본 동시 두 편을 읊었다. 내 옆에선 로큰롤의 거인 척 베리가 「쟈니 비 굿」을 부른다.

"… 쟈니 고 고 쟈니 고 …" 비틀즈와 롤링스톤즈에게 큰 영향을 끼친 척 베리의

연주와 노래가 뜨겁고 귀여운 만두처럼 터져나온다. 왜 척 베리란 이름만 떠올리면

한 척의 잠수함이 눈앞에 스치는 걸까?

또 하나의 잠수함처럼 아눌프 라이너(Arnulf Rainer)가 괴로운 몸부림으로 솟구치며 떠오른다.

이게 사진이야, 그림이야 빈정대는 이도 있을 것이다.

이는 70년대의 개념미술과 긴밀한 관계의 표현형태다. 많은 사진가가 사진 속의 신체에 선과

글자를 표시하고 찢거나 긁는 작업을 한다.

이런 작업을 괴기무쌍하게 훌륭히 해내는 라이너는 1929년 오스트리아 빈 근처의 바덴에서

쌍둥이로 태어났다. 틀에 박힌 교육을 거부한 라이너는 1947년 프랜씨스 베이컨과

헨리 무어의 작품을 보고 충격을 받는다. 초현실주의와 추상표현주의를 영양보충하면서

60년대 후반부터 그 유명한 셀프 포트레이트 씨리즈를 발표했다. 다음 사진이 그것이다.

유화물감과 크레용의 터치가 거칠고 시원하다. 거친 파도나 바람처럼 소용돌이친다.

사진으로 찍은 것과 손으로 그린 것 사이의 긴장, 폭력과 유머 사이의 긴장을 보여준다.

라이너의 작업은 흥미진진하고 탁월한 회화성으로 오래 전부터 내게 호감을 주었다.

그는 이 작업의 연장으로서 1979년부터 「사자(死者)의 얼굴」을 제작한다.

법의학 책이나 잡지에서 복사한 데스 마스크에 작업을 했다.

　모든 것은 운명이고

아눌프 라이너, 앤지 스트렝거의 블리치 바디 포즈, 1971

아눌프 라이너, 실로 묶인 얼굴, 1974

196

모든 것은 연기나 구름이다

모든 것은 완성이 없는 시작이요

모든 것은 금방 사라지는 모색이다

모든 환락엔 미소 한개 없고

모든 고난엔 눈물 한방울 없다

모든 언어는 중복이요

모든 사귐은 처음이다

모든 사랑은 모두 마음이요

모든 과거는 모두 꿈이다

모든 희망에는 주석이 있고

모든 신앙에는 신음이 있다

모든 죽음엔 지루한 메아리가 있다

중국 시인 뻬이따오의 시다. "모든 것은 운명"이고 "모든 것은 완성이 없는 시작"이란 대목이
메아리친다. 메아리인 듯 무채 썬 듯 루까스 싸마라스의 사진은 결코 지루하지가 않다.
전위 조각가로 유명했던 루까스 싸마라스(Lucas Samaras)는 1936년 그리스에서 태어났다.
그가 사진예술에 빠져들기까지 사진은 생활의 일부였다.
어린시절부터 어머니와 증명사진을 찍기 위해 정기적으로 스튜디오에 갔고
현대미술관을 자주 관람한 것이 그를 예술가로 이끌었다. 미국에 머물면서 1969년부터

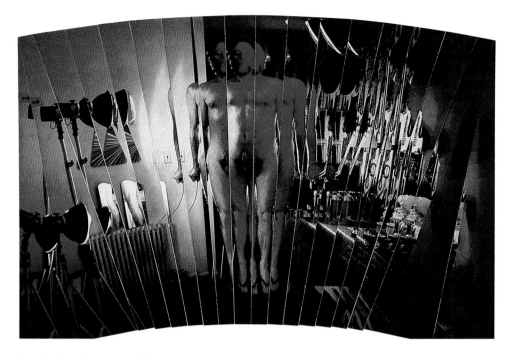

루까스 싸마라스, 셀프 포트레이트, 1983

루까스 싸마라스, 무제(셀프 포트레이트), 1961

70년대까지 아마추어용 폴라로이드 360 카메라로 찍은 셀프사진을 발표했다.

그는 셀프사진이 그저 즐겁기 때문에 찍는다고 말한다. 무슨 이즘이나 거창한 구호를 외치는

포즈가 없어 솔직하다.

"나는 집에 돌아와 옷을 벗고 사진을 촬영했다. 그것은 훌륭했다. 이전에는 결코

경험하지 못한 것이다. 환상적인 여인을 찾은 기분이다"라고 싸마라스는 말한다.

모험과 같은 그의 세계는 '만드는 사진'(making photo)에 미학적 근거를 둔다.

아이와 어른, 고립된 개인과 사회적 존재, 세속적 인간과 신성한 영웅 등을 대비시켜

다양한 사람의 모습을 보여준다.

존 코플란즈(John Coplans 1920~ , 영국)는 교사, 편집자, 아트 디렉터, 작가 등

변화무쌍한 활동을 하다 60세에 사진가로 데뷔한다.

코플란즈의 다음 사진은 72세 때 찍은 자신의 몸이다.

나이 많다고 사람 우습게 보지 말자. 뭘 해도 늦지 않은 나이라는 걸 강렬하게 보여주지 않는가.

누구나 늙는다는 진실을 감동적으로 보여주는 듯싶다.

척 클로우즈(Chuck Close 1940~ , 미국)는 60년 후반에 출발, 70년대의 큰 조류를 형성한

슈퍼 리얼리즘, 다시 말해 포토 리얼리즘(사진 촬영 후 극단적으로 있는 그대로를 그려내는 사조)의

대표적 미술가다. 70년대 말경부터 사진을 독립시켜 발표했는데 여기에 실린

셀프 포트레이트는 그중의 한 작품이다.

장례식 때 흘리는 눈물조차 자신을 위한 것이란 말이 있다.

어떤 경우든 자신을 위한 일이 되고 만다.

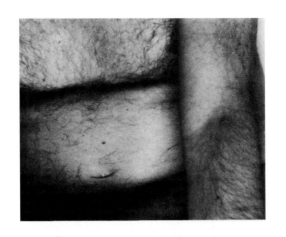

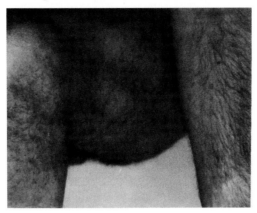

존 코플란즈, 셀프 포트레이트, 1992

척 클로우즈, 셀프 포트레이트, 1979

사물을 아는 것은
박식하게 되는 것이다

다른 사람들을 아는 것은
지혜롭게 되는 것이다

자신을 아는 것은
깨치게 되는 것이다

당신이 누구인지, 무엇인지
찾아내어라

이 글을 쓴 어느 신부의 말대로 우리는 자신이 누구며 무엇인지 찾기 위해 살아가는 것이리라.

죽음을 손꼽아 기다리는 자와 폐허의 아름다움

조엘 피터 위트킨, 빌 헨슨, 보이쩨끄 플레빈스끼

죽음을 손꼽아 기다리는 조엘 피터 위트킨

그이의 키스와 다정스런 포옹만 있으면, 그건 천당이었어요. 제가 들어가, 가난해도 좋고,

귀먹어도 좋고, 벙어리가 되어도 좋고, 장님이 되어도 좋은 침침한 하늘이었어요.

벌써 저는 거기에 길들어 있었어요. 제가 보기에는 우리는 슬픔의 천국에서 자유롭게 산보하는

선한 두 아이 같았어요 …

— 랭보 「헛소리」

조엘 피터 위트킨(Joel-Peter Witkin 1939～ , 미국)의 사진 「키스」는 처절하기 그지없다.

목 잘린 시체가 벌떡 일어나 마지막 키스를 나누다 얼굴이 붙어버렸나. 그것도 남자끼리.

잘린 목은 옥수수 껍질처럼 살이 너덜너덜하다. 징그럽고 몸서리쳐지는 기분을 가라앉히려고

랭보의 시 「헛소리」 중 한 부분을 인용했다. 「언체인드 멜러디」를 튼 후

엘비스 프레슬리의 「러브 미 텐더」로 기분을 바꾸자. 사진 속의 얼굴들이 조금씩

사랑스럽게 보인다. "… 부드럽게 사랑해주오, 따뜻하게 사랑해주오. 나 떠나지 못하도록 …"

지상에서 나를 떠나지 못하게 만드는 것이 얼마나 많은가.

가족과 연인과 친구, 하늘, 바다, 나무…… 키스도 떠나지 않고 보내지 않겠다는

무언의 약속이 아닌가.

그러나 우리는 지상에서 떠나야 한다. 우리는 사라질 자다. 우리는 천천히 붕괴되는 중이다.

위트킨은 죽음마저도 순탄할 수 없음을 보여준다. 누구도 쉽사리

조엘 피터 위트킨, 키스, 1982

죽음을 엿보려 하지 않는다. 그러나 위트킨은 죽음 위에 군림하는 것 같다.

사진집을 보면 인간이 이런 건가 싶어 소스라친다. 그의 발언도 사진만큼이나 도발적이고

충격적이다. 으스스한 그의 말을 들어보자.

"죽음은 생의 연장이라고 생각한다. 나는 죽음을 겁내지 않는다.

죽기 위해서 살고 있다고 해도 좋다. 죽음은 생이 전환된 형태라고 생각하며,

인간은 그 전환을 위해서 생을 지속하는 것이다. 나는 죽음을 손꼽아 기다리고 있다."

인간의 신체는 더이상 아름다움과 신비함의 상징이 아니다. 이제 신체는

성별과 계층으로 나타난다. 씬디 셔먼의 근래 사진처럼 신체는 성욕과 식욕,

배설 본능의 상징으로 나타난다. 위트킨의 작품에서는 신체가 기형화되어 나타난다.

위트킨은 비정상적으로 살이 찌고 더럽혀진 육체, 양성구유자, 해부용 시체, 죽은 태아를 찍는다.

그래서 그의 사진은 현대 물질문명의 종말과 묵시록적인 광기와 병적인 에로티씨즘을 선사한다.

그리고 그는 선량함과 평화와 행복 밑에 감춰진 파멸적인 어둠을 끄집어낸다.

60년대 내내 기형인을 찍다 71년에 자살한 다이앤 아버스는 기형인의 인간성을

따뜻하게 담으려 했다. 신비하고 외경스럽기까지 하다.

그러나 위트킨은 행복이나 인간에 대한 환상을 깨뜨린다.

그는 기형인의 모습을 통해 인간이 무엇인가를 끊임없이 묻고 있다.

참으로 이상한 것은 이 끔찍하고 그로테스크한 모습들이 에로틱하다는 사실이다.

인간의 자아나 신체성을 믿지 않는 그는, 얼굴은 실체를 파악할 수 없는 영혼의 가면이라고

말한다. 그리하여 자신의 사진 속에서 진정한 자신을 발견하길 원한다.

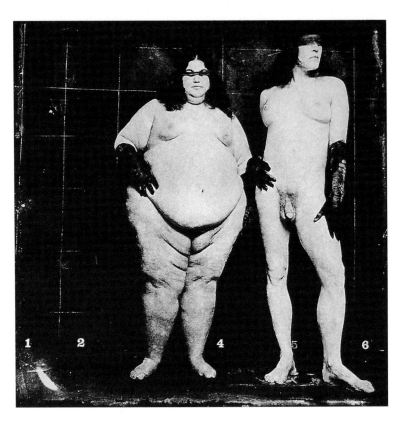

조엘 피터 위트킨, 머이브리지의 대역, 1984

씬시아 위트킨, 조엘 피터 위트킨의 초상, 1984

그가 이런 사진을 만들기까지는 유년시절 머리가 잘려져 발밑에 구르는 교통사고의 목격,

종군 카메라맨으로서의 베트남전쟁 체험이 결정적인 계기가 되었을 것이다.

전시회 때 40명 정도의 사진기자가 취재할 정도로 그는 스타였다.

위트킨은 종말을 예언하고 현대 물질문명에 경종을 울린다.

빌 헨슨도 위트킨처럼 묵시록적 분위기를 들고 나온다.

그의 작품을 보기 전에 타란티노의 영화 「저수지의 개들」에서 깡패의 건들거리는 걸음처럼 흐르던

노래를 듣자. 조지 베이커 쎌렉션이 부르는 「리틀 그린 백」에 맞춰 긴장을 풀어본다.

심각한 얘기를 나누되 어깨·고개를 흔들면서 개다리춤을 추듯 하면

고뇌도 좀 경쾌해지지 않을까.

빌 헨슨, 처절한 매혹의 몽따주

　그대의 모자가 살며시 들리워 인사하고, 바람에 나부긴다

　그대의 모자 벗은 머리는 구름을 매혹시켜놓고,

　그대의 심장은 어디멘가 다른 곳을 헤매며,

　그대의 입은 새로운 언어들을 먹어들인다

　이땅에서는 방울내풀이 무성하고

　여름 이 별꽃들을 피고 지게 하니,

꽃가루에 눈이 먼 그대는 얼굴을 들고,

웃고 울며 그대 자신으로 인해 파멸해간다

그녀에게 또 어떤 일이 일어날는지 ──

내게 설명해다오, 사랑이여!

위의 시 「설명해다오, 사랑이여」는 내가 좋아하는 잉에보르크 바흐만의 시다.

그의 시구처럼 내게도 어떤 일이 일어날지 누가 말해주면 좋겠다. 이상한 건 왜 황폐하고

파멸하는 모습이 아름다운지 모르겠다.

모든 죽어가는 것은 아름답다. 파멸의 기운이 감도는 빌 헨슨(Bill Henson 1955~ , 호주)의

사진도 아름답다. 1995년 베네찌아 비엔날레 호주 대표로 참가한 그의 사진을 설명하기란

쉽지 않다. 그는 독특한 사진오리기기법으로 현대 도시 및 그 주변 문화, 신체와 성의 문제를

탐색하고 있다. 사진의 전체 분위기는 암담하고 슬프다.

멀리서 들리는 메아리들. 멀리서 몰려오는 검은 구름떼들. 찢겨져 흰 여백으로 남는 부분은

망각일까. 잊어서 안될 일은 잊지 말아야 한다. 그러나 망각이 있기에 우리는

현실을 살아낼 수 있다.

오늘 나는 잊고 있던 어린 시절의 비극적인 일들이 생각나 힘들었다.

아무리 작고 사소한 일이라도 잊혀지지 않으면 얼마나 괴로운가.

연인과 3년을 사귀다 헤어지고 잊는 데 6년, 10년이 걸릴 수 있다. 때로 망각은 보약이다.

211

보약이 되기까지 그건 독약인 것이다.

사진 속의 어둠은 독약처럼 번져 있다. 몽따주 사진 속의 육체에 피가 터져 흐른다.

이 지상의 마지막 저녁처럼 어둡고 비감스럽다. 마지막 정념이 타오른다.

나는 당신을 사랑했다. 이 세상을 사랑했다. 그와 더불어 춤추고, 그와 더불어 울고,

그와 더불어 아프다. 언제나 꿈꾸며 그와 더불어 흘러간다. 죽음의 세계든 그 어디든.

불행 속에서 우리는 살다 간다.

극도로 혼란된 풍경 속에서 자신의 운명에 취하거나 사로잡힌 젊은이들이 나체로 뒹군다.

무수히 연속된 이미지 위의 이미지 파편들. 대혼란과 종말의 시간이 다가오는 치명적 풍경이

못견디게 매혹적이다. 폐허의 아름다움, 그 처절한 매혹이 시선을 잡아끈다.

보이쩨끄 플레빈스끼, 인간이 살해되는 곳은 어디나 폐허다

다음 사진은 나무에 거꾸로 매달린 누드다.

인간의 몸도 폐허고 인간이 죽어가는 곳 어디나 폐허다.

폴란드 출신 보이쩨끄 플레빈스끼(Wojcech Plewinski 1928~)의 사진 「매달린 누드」.

건축·조각 교육을 받은 그는 1951년 사진으로 전향하여 폴란드 사진계에서

지도적 위치를 차지한다.

고문을 당하는 듯한 누드는 폴란드의 불행한 역사의 한 상징으로 볼 수도 있으나

어찌 보면 현대 산업사회의 소외와 고독, 파멸의 먹구름으로도 읽힌다.

빌 헨슨, 무제, 1994~95

보이쩨끄 플레빈스끼, 매달린 누드

나도 부서져가고 있다. 이 사실을 인정하면 가슴 한켠이 쓰라리다.

벌써 몸은 재가 된 기분이야. 「리틀 그린 백」을 다시 틀라구.

빨간 머큐로크롬을 바르듯 마음에 발라야겠어.

잠깐, 작가는 왜 폐허나 죽음에 집착할까. 심심하니까?

죽음에 대한 생각도 껌처럼 씹다보면 별게 아님을 확인하고 싶으니까?

새로운 에너지를 주고 죽어라 살게 만드는 건 결국 죽음이니까? 글쎄. 그런가?

당신은 어떻게 생각하는가.

인형의 세계로 떠나는 여행

한스 벨머, 로리 씨몬즈, 엘렌 브룩스, 베르나르 포꽁

체온의 감각

사람은 자신과 친숙하게 느껴지는 것에 끌리고 만다. 지난 5월에 유럽 3개국을 갔을 때
프랑스보다 나는 이딸리아가 친근하게 다가왔다. 아마 산천이 우리나라의 분위기와
닮아서일 것 같다. 내가 탄 버스가 밀라노를 향하고 창밖에 펼쳐진 논과 꽃핀 아카시아나무숲을
보았을 때 너무나 반가웠다. 내가 사는 땅에서 본 친근한 것이라 마음은 반딧불처럼
파란 빛을 띠며 날아다녔다. 이딸리아는 한국보다 조금 북쪽에 있으나 위도상으로
비슷한 위치에 있어서 땅의 분위기가 닮은 것 같다.
이렇게 닮은 데서 오는 친근감을 인형에서도 느낄 수 있다.
요즘 길을 가다 보면 배낭이나 가방에 인형을 매달고 다니는 사람을 많이 만난다.
가방뿐만 아니라 자동차에도 줄줄이 인형이 매달려 있다.
한번은 동네에 주차돼 있는 자동차 앞에 멈춰선 적이 있다. 인형이 몇개나 되는지 한참
세어보았다. 스물세 개였다. 피식피식 웃음이 나오고, 바람에 나부끼는 머리칼만큼이나
마음도 즐거웠다.
사실 내 방에도 동물인형 여덟 마리가 있다. 선물받은 것과 조만간 선물할 인형들이다.
나는 마악 알에서 부화한 병아리처럼 인형들을 신기하게 바라본다.
인형이 주는 친근감은 뭘까 생각해본다.
인형을 보면 만지기도 전에 가슴이 따뜻해진다. 아니 부드럽고 친밀하게 누군가의 손을 부른다.
인형은 우리의 원초적인 본능 속에서 꿈틀거린다. 쓰다듬고, 어루만지고, 키스하고,
끌어안고, 애무하고…… 때로 그윽한 흥분 속으로 몰아간다. 인형은 시각과 함께

촉각의 미학을 지닌다. 인형은 외로움을 달래주는 사랑의 대용물로 곁에 머문다.
위안받고 싶은 친구가 돼주기도 하고, 외출할 땐 방을 지켜주는 믿음직스런 하인이
돼주기도 한다.

인형은 불멸을 꿈꾼다. 미라처럼 죽어 있으나 영원히 살아 있다. 몸 자체가 밀실이 되어
깊숙이 틀어박혀 있다.

그러면 인형에 관한 시 한 편을 보자.

　내 디디인형은

　두번 죽었다

　한번은 내가 그 목을 뜯어내어

　변기에 띄웠을 때

　그리고 또 한번은 태양램프 밑에

　몸을 데우려다 그것은 녹아버렸다

　그 작고 굽은 팔로

　얼굴을 감싸쥐는 그건 정말 음울했어

　그 고무인형의 온갖 지혜에도 불구하고 그건 죽어버렸어

　　　　　　　　　　　　　　　　—앤 색스턴 「디디 인형」

디디인형을 통해 표출된 시적 인상은 무척 자의식적이다. 한때 나는 앤 색스턴에 대해

관심이 많았다. 30세부터 시를 쓰기 시작해서 46세에 자살로 생을 마치기까지
그 치열했던 삶은 내게 많은 자극을 주었다. 그녀의 시는 자신의 삶 자체가 시가 되었기에
고백시라 불린다. 물론 고백시는 1950년대 이후 '수면제로 진정된 세대'의 정신적 상처를
고백체로 읊어 하나의 시적 줄기를 형성해온 것이다. 그녀도 내면의 불안과 우울, 두려움 등 힘든
주제를 진지하고 개성적으로 노래했다. 그녀는 신경쇠약으로 고통스러운 일생을 보냈다.
너무나 열성적으로 공부했고 독서광이었다.
예리하고 다양한 감각을 가진 그녀는 현대시인들 중에서 독보적인 시를 남겼다. 그녀의 삶은
찬사와 영예로 어우러져 퓰리처상도 받았다.
그동안 그녀를 잊고 지냈다. 한스 벨머의 으스스하고 기이한 인형사진집을 펼치면서
다시 디디인형을 읽고 나는 앤 색스턴의 슬픔과 열정에 젖는다.

한스 벨머, 잃어버린 꿈의 뒤틀림

한스 벨머(Hans Bellmer 1902~1975, 독일)의 사진은 저녁이 오기 전 적막하고 한없이 외로운,
이상하고 불가사의한 기분이 들게 만든다. 현실에서 일탈하고픈 욕망, 어둡고 비정상적인
성욕을 엿본다.
1984년 일본에서 발간된 벨머 사진집. 그의 인형사진은 달처럼 창백한 얼굴로 악몽을 꿈꾸며
흐느끼는 듯하다. 인공향수 냄새와 죽음의 향기가 섞여 몸은 부풀어오른다.
슬픔과 두려움을 한올 한올 풀어헤쳐 가늘게 숨을 쉰다.
인형사진 외에 여체의 사진은 충격적이다. 마치 살코기를 훈제해서 햄을 만들듯 가는 끈으로

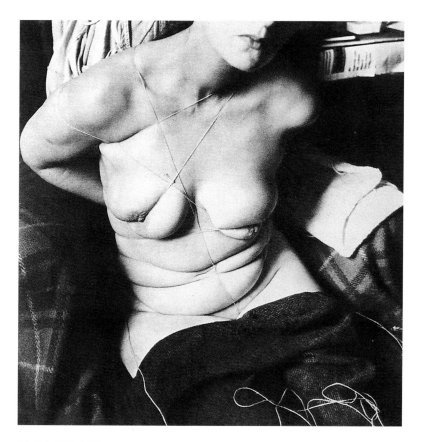

한스 벨머, 우니카, 1958
© Hans Bellmer / ADAGP, Paris – IKA, Seoul 1998

묶었다. 그의 애인 우니카 츄른이 모델이다.

왜 이렇게 기이한 형상이 되었을까? 어떤 경우에 이렇게 될까?

내 나름의 재미있는 해석들을 끌어내본다.

첫째, 원하지 않는 일들이 자꾸 생겨 구겨진 마음만큼 몸도 기이하게 변했다.

둘째, 그리움과 기다림이 지나치면 이렇게 될 수 있다. 셋째, 현대 사회의

소음과 공해로 몸은 불행덩어리가 됐다. 넷째, 왠지 부끄러운 삶 때문에

스스로를 책망하다가 변했다. 다섯째, 뭐가 현실이고 망상인지 구분이 안될 때 이렇게 될 수 있다.

여섯째, 꿈이 뒤틀려서 그럴까? 글쎄, 그럴 수도 있지 않을까?

베를린 태생의 시인 우니카 츄른은 누구인가? 벨머의 도움으로 데생 전시회를 열기도 했고

정신분열증으로 인해 입원과 퇴원을 반복하다가 1970년에 투신자살했다.

그녀의 소설 『쟈스민 남자』 혹은 『남자아이 쟈스민』은 제목부터 향기롭다. 발음할 때 기분이 좋아

몹시 읽고 싶으나 아직 번역이 안되어 안타깝다. 정신분열증 회복기에 씌어진 작품이라고 한다.

어릴 때부터 그녀의 환상 속의 남성 이미지를 축으로 해서 분열병자의 체험과 환상을

생생히 묘사한 매혹적인 작품이라고 한다.

벨머의 인형은 브르똥과 엘뤼아르 등 초현실주의자들로부터 가장 대표적인

초현실주의 작품으로 인정받았다. 이는 여체에 대해 품은 모든 고정관념이나 환상,

그리고 현실세계에 반발하고 그것을 조용히 뒤엎는 이미지다. 그것은 벨머가 품었던

부친에 대한, 그리고 불안한 사회에 대한 거부와 반발심에서 출발했다고 한다.

독일 카토비슈 태생인 벨머는 베를린에서 공업디자이너로 일하던 시절에 본 막스 라인하르트의

연극「호프만 이야기」에서 큰 영향을 받아 인조소녀를 만들기로 결심했다.

인형은 무의식을 도청한다

벨머는 1938년 아내의 사망 이후 빠리에 정착해서 인형을 만들어 지속적으로 사진을 찍었다.
데생과 유화 속에서, 인형과 사진 속에서 무의식적인 욕망들을 비극적이고 기이하고 신비스럽게
구체화시켰다. 앤 섹스턴이 "시는 무의식을 도청한다"고 했듯이 그의 인형작품도
자신의 무의식을 도청한 것이다. 무의식 속의 꿈들을 작품으로 승화시킨 작가를 보면
대부분 시대적으로나 개인적으로 불안했다.

벨머의 경우도 두 번의 세계대전을 겪었다. 그는 전쟁이 주는 심리적 압박으로 인해 자신의 눈을
내부로 돌렸을 것이다. 그리하여 그는 무의식 속에 잠재된 꿈을 기이하고 신비롭게 펼쳐갔다.
우리는 정상적이지 않은 것을 수많은 정상적인 것에 비교해서 얘기한다.
비정상적인 것이 괴기스러움 이상의 다른 느낌을 주지 못한다면 그것은 어딘가 어설프기
때문이다. 벨머의 예술혼은 은근하면서도 확실하고 치열하다. 도착적이고 비정상적인 것을
멋진 비장미로 바꿔놓는다.

벨머의 본직이 사진가는 아니지만 그의 사진은 뛰어나다. 1920년대부터 독학으로
사진을 공부하여 셀프 포트레이트와 자신이 만든 인형을 촬영해나갔다.
그의 사진이 죽어 있는 물체에 숨을 불어넣어 꿈틀거리는 듯 강렬한 느낌을 주는 것은
그가 자신의 작업에 얼마나 철저했던가를 말해준다.
내 안의 죽음은 멀고 차가운데 벨머가 끌어안은 죽음은 왜 따스한 기운이 돌까.

한스 벨머, 인형, 1934
ⓒ Hans Bellmer / ADAGP, Paris - IKA, Seoul 1998

한스 벨머, 인형과 한스 벨머, 1934
© Hans Bellmer / ADAGP, Paris - IKA, Seoul 1998

볏짚단 쌓아논 들판처럼 따스하다.

벨머의 인형이 준 죽음의 냄새는 무엇일까? 죽음에 익숙해지기 위한 예술과 삶의 방식인가?

외로움과 죽음의 공포에서 벗어나려는 죽음의 탐닉인가?

> 죽음은 공포의, / 죽는 공포의 끝일 거야. / 내 입속에 틀어막힌 개 같은 / 내 귀에 틀어막힌
> 똥 같은 공포, / 물이 강철로 변해버리는 지점의, / 젖가슴이 쓰레기더미로 날아가는, / 귓속에서
> 파리가 떨고 있는 듯한, / 허벅지에 태양이 불붙는 듯한, / 마치 꺼지지 않는
> 밤과 같은 공포, / 그리고 새벽, 내 익숙한 새벽은 / 영원히 잠겨 있다
>
> —— 앤 색스턴 「죽음 왕」 부분

사진은 1980년을 전후로 찍는 시대에서 만드는 시대로 본격적으로 진입한다.

양식과 내용도 다양해진다. 그중에 인형의 세계를 다른 스타일로 펼쳐간 작가들이 있다.

로리 씨몬즈와 엘렌 브룩스, 그리고 사람과 비슷한 크기의 마네킹을 연출하여

자신의 유년시절을 찾아 사진찍는 베르나르 포꽁 등이 그들이다.

동화, 추억 그리고 현실

로리 씨몬즈가 1970년대 중엽부터 선보인 인형의 세계는 치밀한 계획으로 이루어진 것이다.

마치 영화나 연극 무대쎄트처럼 꾸미고 무대의 주인공은 작가의 상상력 속의 장면을 연기한다.

그것은 자전적인 기억이며, 일상에 함몰된 여성의 세계나 삶의 모습이다.

로리 씨몬즈, 여행 – 빠르테논, 1984

엘렌 브룩스, 의사와 간호사

현대사회가 안고 있는 가족의 붕괴 문제를 보여준다.

그녀의 여행 씨리즈 중 한 작품을 보자.

빠르테논 신전의 확대된 사진 앞에 세 명의 여자인형이 서 있다. 사진예술이 주는
본래의 리얼리티와 작가가 연출해낸 사실성이 부딪친다.

엘렌 브룩스(Ellen Brooks 1946~　, 미국)는 캘리포니아 대학에서 미술을 전공한 사진가다.
그녀의 인형은 마치 동화 속의 모습처럼 마술적이고 무척 이쁘다. 그리고 팝아트와도 통해
경쾌하다.「의사와 간호사」이란 작품에서 볼 수 있듯이 그녀는 타락한 현대인의 성문화를
신랄하게 보여준다.

이렇게 인형을 통한 사진예술은 우선 조작이 편리해서 작가들이 잘 이용하는 것 같다.

살아온 기적이 살아갈 기적이 된다

쏘르본느 대학에서 철학을 전공한 베르나르 포꽁(Bernard Faucon 1950~　, 프랑스)은
특이한 사진가다. 그는 여러 소년 마네킹에 옷을 입혀 실내외에서 구성, 연출하여
사진집『여름방학』을 출판했다. 그의 마네킹들은 추억의 관을 열고 나온 연기자다.
마네킹들은 잃어버린 어린시절을 찾아나선다. 마네킹들이 재현한 추억은 현실의 공간 속에서
미묘한 울림을 준다. 마리안느 훼이스풀이 불렀고 롤링 스톤즈도 부른「애즈 티어즈 고우
바이(어린시절의 추억)」가 입속에서 미끄러지고 나는 아련한 추억 속으로 빨려든다.
사진 속에는 간혹 실제의 소년이 끼여 있거나 공간 속에 불타는 모습이 들어 있다.
인형이 지닌 침묵의 세계에 동적인 불의 모습을 삽입해서 긴장미가 감돈다.

베르나르 포꽁의 초상, 1979

사진 「저녁의 원무」 「출현」을 찬찬히 바라보라. 자꾸 들여다볼수록 흥미롭고 감각이 탁월하다.
"죽음의 편에서 본 생의 기억"으로 해석되는 그의 사진 이미지는
포꽁이 심취한 브뤼겔의 「이까로스의 추락」과 르네 마그리뜨의 「소년시대의 이까로스」의
패러디라고 한다. 또한 『여름방학』은 프루스뜨의 소설 『잃어버린 시간을 찾아서』의 사진판이라
한다. "나는 20세기의 반을 살았으며 21세기를 향해 늙어가고 있다.
… 늙어간다는 것의 형언할 수 없는 우울 그리고 무상감!" 이런 포꽁의 말을 듣자니 사람은
늙음을 잊기 위해 저마다 열심히 사는구나 싶다.
지금까지 자신을 찾으며 더 멀리 떠나는 여행처럼 인형의 세계로 떠났었다.
인간과 똑같은 모습으로 인형은 무대에 선다. 복잡한 현실과 인간의 내면이
좀더 선명하게 보인다. 새삼 인간이란 무엇인가 생각해본다. 살아 숨쉬는 내 체온을 느끼며
끝으로 김종삼 시인의 「어부」를 달빛처럼 풀어내린다.
"살아온 기적이 살아갈 기적이 된다"는 말을 되뇌면서.

　바닷가에 매어둔
　작은 고깃배
　날마다 출렁거린다
　풍랑에 뒤집힐 때도 있다

　화사한 날을 기다리고 있다

베르나르 포꽁, 저녁의 원무, 1978

베르나르 포꽁, 출현, 1984

멀리서 노를 저어 나가서
헤밍웨이의 바다와 노인이 되어
중얼거리려고

살아온 기적이 살아갈 기적이 된다고
사노라면
많은 기쁨이 된다고

고독과 친해지는 방법
그리고 뉴 웨이브 여자들에 반한 사연

쎈디 스코글런드, 바바라 크루거, 셰리 레빈

고독과 친해지기 위하여

요즘 나는 외롭다. 혼자 작업실에서 근무하면서 쓸쓸하여 근무태만일 때도 있고

쉽게 지쳐서 음악만 들을 때도 많다. 내 친구는 외로움으로 시간을 소모하지 않겠다며

PC통신에서 많은 친구를 사귄다. 바빠 살아서 외로움이 스며들 틈이 없는 것 같다.

나는 워낙 기계엔 젬병이라 PC통신도 할 줄 모른다. 기껏 할 줄 아는 건 세탁기와 비디오와

라디오를 트는 것이다.

지금 헤비메탈 그룹 할로윈의 「일곱 열쇠의 수호자」를 크게 틀다가 모짜르트로 바꾸면서

외로움의 장렬한 죽음을 기다렸다. 고독이 불안과 합세하면 전지전능해진다.

한 친구에게 외롭다고 했더니, 고독을 이기려고 하니까 힘든 거고, 집착하지 말고

고독과 친하게 지내라고 충고를 해준다.

그동안 고독과 친하게 지내는 걸 잊고 있었다. 고독과 친해져서 책도 영화도 많이 보고

일에 몰두한 것을 잊었다. 내 작업과 삶의 보람을 갖게 한 일등 공신이 바로 고독인데 말이다.

내가 앞으로 무엇을 하고 어떻게 살까. 이 깊은 생각의 자리를 마련해준 어여쁜 고독이 아니던가.

결국 마음가짐에 따라 기분과 인생이 달라진다.

고독과 친해지기 위해서 고독의 훌륭한 점만 생각한다. 내일을 위한 도약의 발판으로 삼는 것이

최선이다. 그러나 이것은 인생의 목표와 자신의 일에 대한 확고한 신념이 설 때나 가능하다.

이런 고독은 견딜 만하고 좋은 결실을 얻는 향기로운 땅이 된다.

그러나 종종 신문에서 자살 소식을 접할 때 그 자살의 뿌리는 대부분 고독감이 아닐까 싶다.

버림받거나 사랑의 부재에서 오는 외로움은 죽음으로까지 몰아간다.

이런 경우에는 종교를 선택해서 신앙생활을 해보라고 권유하고 싶다.

곧 만날 뉴 웨이브 여자들은 고독과 친하게 지내 자신의 작업을 세계적인 성공으로 이끈

여성들이다. 고독은 유치장이 아니다. 친하게만 지내면 성공과 완성의 어머니임을

그녀들을 통해 발견할 것이다.

여자들이여 진취적 삶을 살며 다시 태어나라!

바람부는 날엔 저녁바다를 보고 싶다. 검푸른 바다가 일상에 찌든 내 마음을 덮어가게.

지리산과 남해 금산, 광주 무등산에 올라 조국이란 말을 되뇌고 싶지.

바람부는 날엔 동네 환락가도 막 쏘다닐 거야. 따뜻한 조명등 아래 멈춰 서서

살아 있는 나를 느끼고 싶어. 소름끼치게 연기 잘하던 「베티 블루」의 베아트리체 달도,

「레옹」의 게리 올드만도 다시 보고 싶다.

오늘 「하여가」를 다시 들었지. 멋지게 쓰인 태평소, 그 날라리 소리와 잘 어우러진

서태지와 아이들의 노래. 귀중한 문화유산으로 남을 거야. 신중현의 「아름다운 강산」과

전인권의 「사랑한 후에」, 신해철이 부른 「절망 속으로」를 다시 듣겠어. 「짬뽕」의 황신혜밴드,

김종서 등등 우리 로커들. 한영애, 이소라, 리아 등등 여성 가수 동지들. 오, 귀여운 사람들!

절망을 희망으로 바꾸고 있어.

너도 삶을 바꾸길 원하지? 어떤 삶을 원해? 라디오 헤드가 부른 「클립」의 가사처럼

"내가 조금만 더 잘나고 … 뭐든지 잘 할 수 있었으면 좋겠는데. 난 어쩔 수 없는 바보 같은 존재야.

난 이 세상에 존재할 자격이 없어"라고 자학하진 말아. 너는 어디에 있건 근사했어.

만족은 없는지도 몰라. 생각을 바꿔봐. 네 삶을 바꿔봐.

나는 뉴 웨이브 여자들의 작품과 강인한 삶의 태도에 반해버렸어. 전투적이고

스케일 큰 여자들이 맘에 들어. 씬디 셔먼, 바바라 크루거, 쌘디 스코글런드, 셰리 레빈, 바바라

카스텐 등은 무감각한 삶의 태도를 바꾸려 했어. 구습과 타성에 젖은 세상과 예술을 바꾸고 있어.

용감한 여성전사들이야.

 1980년 전후로 사진은 찍는 시대에서 만드는 시대로 바뀌었잖아.

많은 페미니스트 아티스트들은 미술전공을 사진매체로 바꿨어. 씬디 셔먼, 셰리 레빈,

쌘디 스코글런드, 바바라 카스텐, 잔 그루버, 엘렌 브룩스, 로리 씨몬즈 등 거품으로 가득 찬

세상을 바꾸려는 그녀들의 몸짓이 아름다워. 그녀들이 택한 메이킹 포토(만드는 사진),

콘스트럭티드 포토(구성사진)는 TV에 광고사진, 상업사진이 넘치는 시대의 당연한 결과라구.

사진이 그만큼 시대적 상황에 걸맞은 좀더 대중적인 매체고 삶을 리얼하게 드러낸다는 거야.

그녀들 중 대부분은 남성들이 만든 모더니즘 문화를 도용과 표절을 통해 해체했지.

해체는 기존의 모순된 문화를 부수고 새 집을 만드는 작업인 거야.

뭔 말인지 어려우면 그냥 넘어가도 돼.

그녀들은 작품을 들고 격렬히 봉기하는 것 같아.

"여자들이여, 깨어나라. 인간이여, 진취적 사고로 다시 태어나라!"

노력하면 바뀌지 않는가

원래 내 꿈은 시인보다 평범하고 훌륭한 어머니가 되는 거였다. 꽃이 피면 이런 말도

해주고 싶었다. "저 꽃은 너희들을 사랑해서 피는 거란다. 해도 달도

너희들이 그리워서 오는 거구. 겨울나무는 사랑해달라구 옷을 홀랑 벗는 거야.

서로의 숨결을 나누며 꽃이랑 나무랑 매일 뽀뽀하는 거란다."

그러나 자식을 낳는 꿈이 사라지고 있다. 일에 대한 열정이 더 커서지만 점점 마네킹처럼

무감각해지는 인간과 황폐한 세상에 대한 회의 때문이다. 간혹 나라 안에서 벌어지는 일을 보면

살자는 건지 죽자는 건지 잘 모르겠다.

나는 앞뒤 생각 없이 환경을 파괴하는 악당들에게 『지구를 살리는 50가지 방법』이란 책을

공짜로 선사하고 싶다. 이땅을 풍요롭게 하는 데 보탬이 되기 위해 나는 무엇을 해야 할까?

1988년 페놀사건 이후 나는 비누로 머리를 감고 있다. 빨랫감은 물에 불렸다가

무공해 비누를 칠해 세탁기로 돌린다. 백화점의 녹색코너에서 산 무공해 비누나 가루비누를

선물하는 습성도 생겼다. 나부터 각성 안하면 세상은 더 망가진다는 생각에서다.

그릇 역시 폐식용유로 만든 비누로 닦는다. 석유로 만든 합성세제는 물 속에서 분해가 안돼

물고기를 죽인다. 5년 전만 해도 환경문제와 무공해 세제에 대해 전도사처럼

열렬히 얘기하면 약간 맛이 간 사람으로 취급받기도 했다. 세탁기에 합성세제를 듬뿍 붓던

파출부 언니랑 실랑이를 벌이던 나는 어머니한테 세숫대야로 한대 맞기도 했다.

환경문제에선 정인(情人)들이 나를 지겨워했을 것이다. 지겨운 딸의 영향인지 어머니는

음식쓰레기도 다 말린 후 태우거나 줄여서 버리신다. 어떤가. 노력하면 바뀌지 않는가.

생활 속에서 환경의식을 기르고 그것을 실천하기 위한 방안이 시급히 세워져야 한다.

쌘디 스코글런드, 금붕어의 복수, 1981

쌘디 스코글런드, 메이비 베이비즈, 1983

스코글런드가 절망을 희망으로 바꾸기 위해

그러면 쌘디 스코글런드(Sandy Skoglund 1947~   , 미국)의 사진 「금붕어의 복수」를 보라.

환경의 위기에 대한 뼈아픈 각성을 주는 작품이다. 오렌지색의 금붕어떼와

푸른 색을 심플하게 대비시키고 무겁게 침묵을 드리웠다. 인간의 이기심은 자연을 망치고 결국

자연의 복수로 되돌아옴을 경고한다. 이 작품과 함께 그녀는 「방사선 고양이」 등으로 1981년

뉴욕예술계에 공식 데뷔해서 찬사를 받고 휘트니 비엔날레 '81에 초대되는 영광을 안는다.

그녀는 미국에서 가장 인기 있는 사진가다. 「메이비 베이비즈」를 비롯한 그녀의 작품은

친근하고 현실감 있고 강렬하다. 늘 환경과 긴밀한 관계를 가진다.

그녀의 미래를 위한 초현실주의 작품은 문명과 자연의 대립을 보여준다.

자신이 직접 무대를 만들고 필요한 오브제를 만들어 색을 칠하고 원하는 장소에 배열한다.

마지막으로 사진촬영을 한다. 거실과 안방, 부엌과 같은 생활공간에서 벌어지는 각종 사회문제,

건강문제를 특유의 상상력으로 재포장한다.

그녀의 작품은 르네 마그리뜨 그림의 영향을 크게 받았다.

사진가 듀안 마이클은 마그리뜨가 표현의 자유와 사고의 자유를 준 잊지 못할 분이라 말했다.

언제나 예술가들에게 마그리뜨의 뛰어나고 거대한 작품은 특별영양식이 될 것이다.

대자연이 아름다운 것은 모든 죽음을 끌어안고 흐느끼기 때문이다.

그 흐느낌은 생의 열렬한 찬송이자 스러져가는 것에 바치는 진혼곡이다. 까뮈는 대자연과 인간을

절망적으로 사랑하지 않으면 안된다고 했다. 모두가 죽음을 피할 수 없기 때문이다.

그런데 나 죽으면 그만인데 하는 이기심이 자연을 더욱 파괴시키고 있다.

환경은 조만간 죽느냐 사느냐의 문제인데 말이다. 스코글런드의 작품만큼 환경의 존엄성을
다룬 영화 「나무를 심는 사람」과 「아름다운 비행」을 세상의 아이들에게 보여주고 싶다.

귀여운 바바라 크루거의 혁명

귀엽게 생긴 바바라 크루거(Barbara Kruger 1945~ , 미국)는 가장 저돌적이고
정치적인 페미니스트다. 제니스 조플린의 노래를 들을 때와 같은 전율을 느낀다.
태풍 같은 에너지를 주는 조플린만큼 크루거에게서도 큰 에너지를 얻는다.
"가장 대중과 함께한 예술가, 가장 많은 작품을 대중에게 돌려준" 역동적인 작가다.
그녀의 경력은 화려하다. 영화비평가, 칼럼니스트, 작가, 큐레이터, 그래픽 디자이너,
조경 디자이너, 정치적 그룹의 멤버 등.
주위를 잠시 둘러보자. 여성문제에 관한 글들은 대부분 남성적 언어로 표현되었음을
쉽게 발견할 수 있다.
크루거는 개성을 강조하면서 개성을 말살하는 매스미디어의 폐해를 지적하고 여성들에게 각성을
권한다. 그녀의 작품은 사진과 단어를 결합하여 권력과 제도의 모순을 예리하게 파헤치고
성 차별에 맞서 격렬히 저항하고 비판한다.
그녀의 작품은 '우리가 누구이고, 무엇을 원하고, 무엇이 될지' 진지하게 묻고 있다.
작품 속의 표어와도 같은 아포리즘을 살펴면 다음과 같다. "우리는 당신의 정황 증거다" "돈으로
나를 살 수 없다" "당신의 몸은 전쟁터다" "나는 당신의 삶을 장식하고 있다" 등등이 있다.

바바라 크루거, 무제, 1983

We are your circumstantial evidence

바바라 크루거, 무제, 1984

바바라 크루거의 초상

「살인자와 자살하는 자의 결혼」은 가부장적 현실에서 여자는 천천히 자살하는 자의 모습이다. 이런 글에 익숙지 않은 분은 뭔 말인지 어려울지 모르겠다. 어려운 글의 담장은 그냥 훑고 뛰어넘고 느낌만 받으셔도 괜찮다. 페미니즘 영화 「돌로레스 클레이븐」과 「델마와 루이스」를 떠올리며 바바라 크루거랑 서로 닮았다고 이해하면 되리라.
그녀는 글쓰기와 이야기와 시를 퍼포먼스로 표현한다. 1978년경부터 사진과 단어들을 심플하게 엮어 사람의 사고방식, 습관, 뿌리깊은 제도적 권력에 저항한다. 이것이 바로 예술을 통한 혁명인 것이다.
그녀의 양식은 씬디 셔먼, 셰리 레빈과 마찬가지로 포스트모더니즘으로 바라보면 패스티쉬(혼성모방) 전략이다. "우리 중 어느 누구도 '나는 오염되지 않았으며, 순수하다'고 말할 입장에 놓여 있는 사람은 없다. 나의 작품이 사물들을 약간이라도 변화시킬 수 있길 바란다"는 그녀 말은 더욱 극단적인 모방으로 나아간 셰리 레빈과 다를 바 없다. 태양 아래 새로운 것이 없고 근본적으로 독창적인 것은 있을 수 없다는 태도이다.

셰리 레빈의 외로운 투쟁

1947년 미국 출생인 셰리 레빈(Sherrie Levine)의 작품을 보고 솔직히 황당했다. '워커 에번스 이후'라는 전시에 출품된 작품들은 워커 에번스의 사진을 완전히 도용했기 때문이다. 의도적 모방인가 표절인가? 도대체 어쩌자는 건가?
그러나 작품의 계획과 의도를 들어보면 그녀가 매력있고 훌륭한 작가임을 알게 된다.

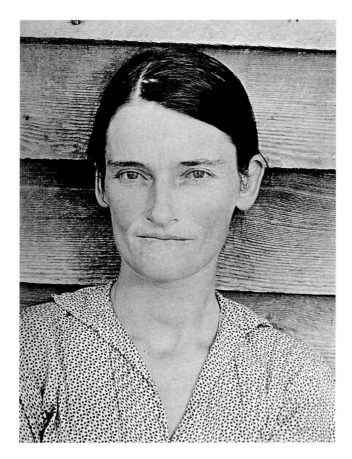

셰리 레빈, 무제(워커 에번스 이후), 1981

셰리 레빈, 무제(워커 에번스 이후), 1981

세상은 질식할 것 같다. 인간은 곳곳에 세워진 비석에 자신이 존재했던 표적을 남기고 있다. …
혼합과 부조리가 만연된 가운데 오리지널 이미지는 찾아볼 수가 없다. 지금 우리가
법석을 떨면서 그리는 그림들은 결국 무수한 발자국으로 뒤덮인 문화적 파노라마에서
끌어내온 인용투성이일 뿐이다. … 사람들은 회화의 본질을 심오함이 담긴 아주 거창한 것으로
생각하고 있는데 정말 우습고도 터무니없는 착각이다. 작품을 만들 때 항상 흘러간 것들에서
끌어내올 수밖에 없고, 그러므로 결코 오리지널이 될 수 없다는 것을 나는 강력히
주장하는 바이다.

이 정직하고 냉철한 얘기에 나는 무척 공감한다. 하고 싶은 얘길
이미 선배들이 한 경우가 허다하다. 문화 분위기도 회고풍이 되는 이유를 여기서 찾을 수 있다.
그녀의 전략은 남성권위적인 풍토의 해체고, 독창성에 대한 고정관념의 파괴이다.
과연 이 시대에 순수한 창작이 있는가를 묻고 예술영역의 특권과 기득권을 무너뜨린다.

바람난 여자의 위기와 사진 한 장

존 팔

'바람난'이란 단어는 이상하게 알몸의 남녀가 질퍽한 섹스를 나누는 장면을 연상시킨다.

삼천리 방방곡곡 모텔이 구름처럼 피어오르고 입가에 불륜의 피냄새를 머금은 남녀가

구미호처럼 솟아오른다. 쉬잇, 러브호텔이 무너져라 맹렬한 기세로 들러붙어

헉헉대는 소리가 들린다.

바야흐로 일부일처제인 결혼제도가 붕괴될 것인가. 저들은 바람으로 희망을 얻으려는구나.

남편바람, 아내바람에 대한 보복심리도 있겠구나.

하여튼 서로에게 끌린다는 것은 말이 통해서이기도 하겠지만 성적 매력이

어필했기 때문이기도 하다. 우리는 사랑을 관념이나 환상에 휩싸인 고상한 것으로 착각한다.

남녀간의 사랑은 육체적인 결합을 근본으로 하는 게 아닐까. 서로의 손과 입이 닿고

이불을 깔고 싶은 갈망 자체가 인생의 묘미가 아닐까 싶다. 갈 데까지 간 물질문명의 현대사회에선

그 묘미가 피냄새와 파멸의 냄새를 몰아오니까 문제인 것이다.

세상 돌아가는 형국이 바람난 남녀의 마음 한복판 같다. 바람에 붕 떠서 벼랑까지 밀려가는

위기감을 준다. 불만 붙이면 터질 시한폭탄 같은 세상의 미래가 두렵다.

공장 굴뚝에서 토해내는 연기며, 온 도로를 메우며 치달리는 자동차며,

농토에 살포되는 농약이며, 미친 듯한 쓰레기며 생활하수며 폐수며 백화점을 메운 외제 상품들,

무슨 욕설처럼 떠 있는 흐린 하늘이 그렇다.

한참 자라나는 아이들 세대는 바람난 세상을 보며 무엇을 느낄까?

나름대로 열심히 살겠지만 우리는 무엇을 위해 열심히 사는가? 일상이 자동화되어

인생이 무엇이고 왜 사는가를 자문할 새도 없이 점점 돈 버는 기계로 늙어가고 있는 건 아닌지?

존 팔, 오레곤주 원자력발전소, 1982

우리 자신뿐 아니라 후손들에게 황폐함과 절망만을 남기게 될까 걱정이다.

존 팔(John Pfahl 1939~ , 미국)은 인간에 의해 파괴되고 변형된 자연에 초점을 맞춰 묘사한다.

미국의 전통적이고 아름다운 자연 속에서 인위적인 건물, 교량, 발전소 등 도시의 모습을 찍는다.

도시의 모습엔 진한 낭만성이 깔려 있어 서정적 향기가 돋보인다. 그러나 나는

작품 밑을 흐르는 미래에 대한 위기감을 조용히 읽어본다.

바슐라르는 『물과 꿈』에서 "아름다운 것을 보기 위해서는 눈이 아름다운 것이지 않으면

안된다"고 했다. 산천이 맑아야 아름다운 눈, 정직한 마음을 간직할 수 있다.

요즘 나는 사람도 사랑도 믿을 수가 없다. 누군가는 싫증내고 변하니까.

오늘 밤 책과 바람이 나서 도망칠 것이다.

다시 길에서 — 당신은 당신 밖으로 나가려 한다

데이비드 호크니

누구든지 인생의 어느 굽이에서 한 번쯤은 밖으로 나가려 할 때가 있다.

나는 끊임없이 나의 밖으로 나가려고 든다. 가끔 음악을 틀고 몸을 흔드는 것도

나를 해방시키기 위해서일 것이다. 독서와 여행과 연애도 자신 밖으로 나가는 일일 것이다.

그건 하나의 숨구멍이고 본능이다.

내가 처한 환경을 다 받아들이지 못해 힘들 때가 많다. 책임과 의무감에서 벗어난

홀가분한 삶을 꿈꾸곤 한다. 겨울나무처럼 홀가분하게 말이다. 존재의 뼈만 남게.

나이도, 성별도, 거미줄처럼 얽힌 인간관계도 감옥이고 고독도 감옥이라 느껴지면 고통스럽다.

그나마 일에 몰두하면 심각했던 문제들이 뒤로 물러난다.

사진도 사진 밖으로 나가려 하고, 그림도 그림 밖으로 나가려 한다. 현대예술의 전위성,

그 뿌리도 여기에 있을 것이다.

달빛 아래서 만난 존 발데싸리가 사진이란 틀 밖의 세계로 나가 상상력의 확대를 보여주었듯이

화가인 데이비드 호크니(David Hockney 1937~   , 영국)도 사진작업을 하되 기존의 사진에 대한

인식을 뒤엎고 사진 밖으로 나가 상상력을 확장시킨다.

도대체 호크니는 어떤 사람일까?

그는 동성애자로서 미소년이나 젊은 청년과 함께 있길 좋아했다. 삐까소에 심취했고,

프루스뜨의 소설 『잃어버린 시간을 찾아서』를 18개월에 걸쳐 읽으면서 깊은 영향을 받은 것 같다.

실험과 장인정신으로 무장된 화가. 그리고 사진의 역사에서 빼놓을 수 없는 사람. 전후 유럽에서

태어난 아티스트 중에 가장 뛰어난 사람. "항상 극적인 감각과 작품에 대한 기대감, 그것을

밑받침하는 순수하고도 직관적인 기쁨을 소유하고 있는 예술가."

데이비드 호크니, 누드, 1984

좌로부터 앤디 워홀, 헨리 겔다찌어, 데이비드 호크니, 제프 굿맨, 1963

1968년부터 '내면의 일기'를 쓰듯이 강렬하게 사진작업을 한다. 여행한 장소에서 촬영하거나

애정이 깃들인 물건, 친구, 어머니 등을 찍거나 아뜰리에에서의 생활을 찍는다.

그가 "얼굴은 내부로 통하는 문이며 모든 것을 말하고 있다"고 했듯이 주로 인물을 묘사했다.

자신의 생활 방식과 태도를 솔직히 보여주려는 의도에서 자서전적인 작품들을 남겼다.

"자서전이 아닌 사진은 없다"는 그의 말대로 자서전에 가까운 작품들이

가장 진실에 가까이 다가가는 방법일지 모른다.

사진틀을 무시한 한 장의 대형사진은 총 187장에서 200여장 내지 700장 이상으로

만들어지기도 한다. 그는 여러 시간 동안 연속촬영한 사진들을 한 화면에 모자이끄처럼 구성한다.

이것은 공간과 시간을 함께 보여주자는 것이다. 사진들 사이의 미묘한 흔들림과 어긋남으로 인해

우리의 고정관념은 동요한다. 마치 움직이지 않는 것은 죽음이라는 듯 그의 사진은 꿈틀거린다.

여기에선 무엇을 찍었느냐보다 어떻게 보고 느꼈는가가 중요하다. 그가 영향받은 삐까소의

큐비즘이 공간을 평면적으로 묘사했다면, 호크니는 공간을 식혜처럼 유동적으로 만든다.

시간과 공간의 역동적 표현인 포토 꼴라주인 것이다.

그에게 사진은 무엇인가? "사진은 내가 살았다는 증거물이고 기억의 현존이다."

결국 상투적인 말이지만 자기확인의 작업이다.

그의 작품 「페이블러 섬 하이웨이」를 한참 들여다본다.

길은 뱀처럼 꿈틀거린다. 도로 표지판도 고정되어 있지 않다.

사람들의 떠도는 마음만큼이나 흔들거려 보인다. 과자봉지, 맥주깡통이 뒹군다.

1950년대 로버트 프랭크의 길과는 사뭇 다르다. 30여년 전의 현실은 마치 허구임을

데이비드 호크니, 페이블러 섬 하이웨이, 1986

보여주는 듯하다. 태풍이 불면 길은 조각조각 날아갈 것 같다.

거친 바람이 분다. 바람이 불면 왜 이리 그리움이 커지는지 모르겠다.

20대에 바람부는 날이면 시를 읽고 편지를 쓰곤 했다. 김수영의 「풀」, 정희성의

「한 그리움이 다른 그리움에게」 등의 좋은 시들을 베껴 친구들에게 띄우곤 했다.

아마도 그런 습성이 나에게 시를 쓰게 만들었는지 모른다.

지금 나는 길을 가며 황동규의 시 「즐거운 편지」를 읊는다.

"내 그대를 생각함은 항상 그대가 앉아 있는 배경에서 해가 지고 바람이 부는 일처럼

사소한 일일 것이나 언젠가 그대가 한없이 괴로움 속을 헤매일 때에 오랫동안 전해오던

그 사소함으로 그대를 불러보리라 …"

아름답고 치열한 시들은 내 영혼의 밥이고, 내가 가는 길 위의 싱그러운 미루나무다.

시와 애인을 생각하며 가는 길은 언제나 희망과 슬픔, 현기증을 준다.

연인의 몸을 오르듯 언덕길을 오르다 보면 바람이 나무와 풀과 갈대숲을 나와 하나로 묶어준다.

이때의 외로움은 얼마나 풍요로운가.

살아 있다는 힘, 이 충만한 에너지로부터 나의 글도 터져나온다.

끝없이 열려 있는 것에 대해 노래하며 나는 나의 밖으로 나간다.